文春文庫

子育て侍

酔いどれ小籐次（七）決定版

佐伯泰英

文藝春秋

目次

主な登場人物

赤目《あかめ》小《こ》籐次《とうじ》　元豊後森藩江戸下屋敷の厩番。藩主の恥辱を雪ぐため藩を辞し、大名四家の大名行列を襲って御鑓先を奪い取る騒ぎを起こす（御鑓拝借）。来島水軍流の達人にして、無類の酒好き

久留《くる》島通嘉《しまみちひろ》　豊後森藩藩主

久慈屋昌右衛門　芝口橋北詰めに店を構える紙問屋の主

観右衛門　久慈屋の大番頭

国三　久慈屋の小僧

秀次　南町奉行所の岡っ引き。難波橋の親分

新兵衛　久慈屋の家作である長屋の差配だったが惚けが進んでいる

お麻　新兵衛の娘。亭主は錺職人の桂三郎、娘はお夕

勝五郎　新兵衛長屋に暮らす、小籐次の隣人。読売屋の下請け版木職人。女房はおきみ

うづ　平井村から舟で深川蛤町裏河岸に通う野菜売り

須藤平八郎　赤穂藩中老・新渡戸白堂が雇った刺客。小籐次に討ち果たされた

梅五郎　駒形堂界隈の畳屋・備前屋の親方
駿太郎　須藤平八郎が小籐次に託した赤子。生まれて十月足らず
小出お英　駿太郎の生みの親とおぼしき女性
捨吉　海福寺裏の長屋に住む十一歳の少年
さと　捨吉の姉
青山忠裕　老中。丹波篠山藩藩主
古田寿三郎　赤穂藩森家目付。小籐次とは御鑓拝借事件以来の付き合い
四家追腹組　御鑓拝借事件の恥を雪がんと、小籐次をつけ狙う徒党

子育て侍

酔いどれ小籐次㈦決定版

第一章　貰い乳

一

芝口新町の裏長屋に版木職人勝五郎の、
ふああ
という寝不足の声が響いた。その声はうつらうつらしていた赤目《あかめ》小籐次《ことうじ》の耳にも届き、目を開いた。
小籐次の目の先に赤子がすやすやと眠っていた。
子連れの刺客須藤平八郎《すどうへいはちろう》を討ち果たしたはいいが、赤子の駿太郎《しゅんたろう》が小籐次に託されたのだ。
戦いに際し、小籐次は須藤に尋ねていた。

「それがしが生き残ったとせよ。駿太郎はいかが致すな」

自らが斃《たお》されることに微塵《みじん》も思い至らなかった須藤は、その問いにしばし沈思した後、

「それがしが死に至ったときには、駿太郎のこと、赤目小籐次どのに託したい」

と答えていた。

戦いは、後《ご》の先《せん》の来島《くるしま》水軍流流れ胴斬りが一瞬早く決まり、小籐次が勝ちを得た。その結果、武士の約定《やくじょう》で赤子の駿太郎を育てる羽目になった。

季節は文政元年（一八一八）の冬を迎えようとしていた。

腰高障子《こしだかしょうじ》ががたぴしと開けられた。

「勝五郎どの、もそっと静かに戸を開かぬか」

「静かにするのはおれじゃねえ。昼間は新兵衛さんの得体の知れねえ歌、夜は駿太郎の泣き声だ。長屋は二重苦に責められっぱなしだ」

と勝五郎がぼやいた。

新兵衛は長屋の差配だが、このところ惚《ぼ》けが急に進行して自分の名どころか住まいも分らなくなり、町内を勝手に徘徊《はいかい》し、昼日中から突然、大声で歌を歌ったりした。

長屋を所有する芝口橋の紙問屋の久慈屋《くじや》では、新兵衛の長年の功績を考えて、錺《かざり》職人桂三郎と所帯を持って外に出ていた娘のお麻夫婦と孫のお夕の三人を新兵衛の許《もと》に呼び戻し、長屋の差配を一家で続けさせることにした。

娘が戻ったことに安心したわけではあるまいが、新兵衛の惚けがいよいよ進んでいた。

「酔いどれの旦那さ、今に新兵衛長屋から住人が次々に出ていってよ、新兵衛さんと酔いどれの旦那の二つの一家だけになるぜ」

と嫌味をいった勝五郎が、

ふああ

とわざとらしく生欠伸《なまあくび》をして、厠《かわや》に向った。

刻限は障子の白み具合で明け六つ（午前六時）前と知れた。

「今日は稼ぎに出んと、駿太郎ばかりか、こちらの口が干上がるぞ」

小籐次が独り言をいうところに、溝板《どぶいた》に新たな足音が響いた。

「赤目様、駿太郎ちゃんはどうですか」

お麻が気にして様子を見にきたのだ。

「重湯を飲ませたのが七つ（午前四時）の頃合かのう。そろそろ起きて泣き出す頃だ」

小籐次が駿太郎をおぶって長屋に戻ってきたとき、住人らが総出で、

「酔いどれの旦那が隠し子を連れて戻ってきたよ」

「いや、どこぞの赤子を攫《さら》ってきたんだよ。ほれ、四谷の駕籠《かご》かきが赤子をもらってきては何人も殺していたろ。酔いどれの旦那もそんな気になったんじゃないかえ」

などと大騒ぎした。

この年の夏から秋にかけて四谷の駕籠かき某が、あちらこちらから赤子を攫ってきたり、もらってきたりして殺し、床の下に埋めるという猟奇的な事件が江戸で持ち上がり、下手人の駕籠かきが捕まって磔《はりつけ》刑になっていた。そんな折に小籐次が駿太郎を連れてきたのだ。

「おきみさん、そうではない」

赤穂《あこう》藩森家の御用商人塩問屋の播磨屋《はりまや》と森家の中老新渡戸《にとべ》白堂の意を受けた子連れの刺客と勝負をする羽目に追い込まれた結果、子の駿太郎が小籐次の手に委《ゆだ》ねられたことを簡単に告げた。

「旦那、御鑓拝借《おやりはいしゃく》の騒ぎが未《ま》だ続いているのかえ」

勝五郎が驚いた。

小籐次は豊後森藩の下屋敷に奉公する下士であった。藩主久留島通嘉《くるしまみちひろ》が城中で些細《ささい》なことから大名四家の藩主に辱《はずかし》めを受けたことを知り、四家の参勤下番《かばん》途中の行列を独りで襲い、行列の象徴というべき御鑓先を切り落として世に知らしめた。それは通嘉の恥辱を雪《すす》ぐためだった。

四家は森藩よりも禄高が上の大名家ばかり、武辺《ぶへん》で鳴る小城《おぎ》藩などが幾多の刺客を小籐次の許へと送り込んできた。その悉《ことごと》くを小籐次は退けていた。

御鑓拝借とその後の反撃は、江戸幕府のみならず小城、臼杵《うすき》、丸亀、赤穂四藩の国表まで巻き込む大騒ぎとなり、四家と小籐次の旧主の間で和解がなった。だが、今も小籐次は刺客の襲撃を受けていた。

「大名家には、いろいろな考えの御仁《ごじん》がおられるでな」

と小籐次が答え、

「旦那、そんなことより赤子をどうして育てんだねえ」

と勝五郎の女房のおきみに問い質《ただ》された。

「そう詰問《きつもん》されても答えはない。だが、生死を懸けて戦う侍同士が約定したことだ。駿太郎をそれがしが育てるしかあるまい」

「酔いどれの旦那だけでも生きていくのが大変なんだよ。それを乳飲《ちの》み子を連れてどう暮らしを立てるんだよ。早晩さ、二人して芝浜に入水《じゅすい》することになるよ」

とおきみが小籐次の無責任を詰《なじ》った。

「おきみさん、と申して駿太郎をどうせよと言われるのだ」

「そんなことは考えてもいないよ。わたしゃ、酔いどれの旦那が大変だと思っただけなんだよ。男はだれもさ、赤子が勝手に大きくなるなんて考えているようだが、育ててみれば分るさ。大変な苦労なんだよ」

「それは分っておる」

と答えた小籐次はしゅんとなった。

「いえ、育てます。このお長屋で駿太郎さんを育てます」

と言い切ったのは差配のお麻だ。

「お麻さん、言っちゃわるいが、お麻さんは新兵衛さんの世話だけでも大変だろ。そのうえ、赤子までどうやって面倒を見るというんだね」

おきみの剣幕《けんまく》にお麻も黙った。するとお夕が、

「赤目様、私も手伝うわ。駿太郎様をおぶって乳をもらって歩くわ」

と決然といい、駿太郎を小籐次の手から取り上げた。

そんな経緯《いきさつ》があったものだから、お麻が毎朝、様子を見にきた。

「お麻さん、本日より稼ぎに出る。駿太郎はそれがしがおぶっていくで心配ない」

小籐次が言うと、その言葉を聞いていたように駿太郎が目を覚まして、
わあっ
と火が点《つ》いたように泣き出した。

「おしめが濡《ぬ》れたかのう」

小籐次がおしめを取り替えようとすると、お麻が、

「赤目様、うちでおしめを替えて重湯を飲ませてきます」

とお麻が土間先から狭い板の間に這《は》い上がり、おしめの包みと駿太郎を抱き上げた。

「相すまぬ」

「いえ、赤目様にはお父つぁんの件でなにかとお世話になりました。このくらいのことなんでもありません」

お麻が駿太郎を抱いて姿を消した。

小籐次は厠に行き、用を足すと井戸端《ばた》で顔を洗った。腰にぶら下げた手拭《てぬぐい》で顔

を拭うと、無精髭《ぶしょうひげ》がざらざらした。

「一応こちらも客商売、この髭ではな。だが、今日はよいか」

と独り言を呟《つぶや》いた小籐次は朝餉《あさげ》をどうしたものかと考えた。

昨夜、残りご飯を雑炊《ぞうすい》にして食していた。新たに飯を炊《た》くのも面倒くさい。朝餉は抜きだと決めた。そこへ、おきみが米を研ぎに姿を見せ、

「どうしたえ、なにか考え事してさ、駿太郎をどこぞに預けようなんぞと悪い思案をめぐらしてないかえ」

と小籐次をからかうように言った。

「おきみさんの申されるとおり、赤子を男手で育てるのは大変じゃ。だがな、駿太郎は赤目小籐次の子だ。どのような苦労をしても育てる」

「さて、いつまでその決心が保《も》つかねえ」

おきみが首を傾《かし》げた。

長屋に戻った小籐次は商いの仕度を始めた。研ぎ道具の砥石《といし》や桶《おけ》、それに引き物の竹細工の風車や竹とんぼを、新兵衛長屋の裏庭に接した入堀に舫《もや》った小舟に積み込んだ。

駿太郎を預けられた騒ぎで、三日ばかり商いに出ていなかった。

稼ぎ仕事の仕度が終わったところに、お麻とお夕の親子が駿太郎を抱いてきた。

「赤目様、おせつおばさんに貰い乳をしましたよ」

「それはご親切に」

新兵衛は小籐次の住む長屋を含め、四軒の長屋の差配をしていた。その一軒に三月《みつき》前に三人目の子を生んだ職人一家が住んでいた。おかみさんのおせつは乳がよく出るというので、お夕が駿太郎の貰い乳を頼みにいったのだ。

今朝も貰い乳が利いたとみえて駿太郎はご機嫌だ。

「赤目様、この風呂敷の中に替えのおしめと重湯が入っていますからね」

お麻が小籐次に差し出し、

「赤目様、駿太郎さんを舟まで連れていくわ」

と先に立った。

「お麻さん、助かる」

小籐次は白髪頭《しらがあたま》を下げた。すると、木戸口に久慈屋の小僧の国三《くにぞう》が姿を現した。なんとなく顔付きがのんびりしているところを見ると急用とも思えない。

「国三さん、御用かのう」

「大番頭さんが、お暇ならちょいとお顔を、と申されておりますよ」

「ならば舟で参ろうか」

国三は長屋を覗《のぞ》き込む様子を見せ、

「赤目様のところに赤子がいると聞きましたが、いませんね」

と訊いた。

「もう承知か。お店《たな》に断わりに参ろうと思うておったが、なにしろ乳だ、おしめだと大忙しだ。未だ顔を出す暇もない」

と答えた小籐次が、

「ほれ、あそこにお夕ちゃんが抱いておるのが駿太郎だ」

と長屋の裏手を指した。

「ほんとだ、赤ちゃんがいるぞ」

国三がぺたぺたと草履《ぞうり》の音をさせてお夕の側《そば》に走り寄り、

「おおっ、ご機嫌で笑っていらあ」

と指の先で頬《ほお》べたを突《つつ》いて、

「国三さんたら、駿太郎様が泣き出しますよ」

とお夕に注意を受けた。

「お夕ちゃん、赤目様はこの赤ん坊をどこから拾ってきたんだい」

「拾ったなんて、駿太郎様に失礼よ、国三さん」

「なんだ、赤子はお侍の子か。長屋の子より薄汚いぞ」

お夕が風呂敷包みを提げた小籐次に、

「国三さん、薄汚いなんて許せないわ。今、おっ母さんが顔を湯で綺麗《きれい》に拭ったのですからね。駿太郎様はお武家様の子供ですよね、赤目様」

と国三に反論し、最後は小籐次に聞いた。

「いかにも駿太郎の父上は須藤平八郎と申される浪人でな、なかなかの腕前であったぞ」

「ほら、お侍の子よ、国三さん」

小籐次が小舟に乗り、風呂敷包みを船底に置くと、お夕から駿太郎を抱き取った。国三が河岸《かし》から飛び乗って、小籐次が、

「国三さんや、しばらく駿太郎を預かってくれぬか」

と小僧に渡した。

「赤子を抱くなんて、弟が生まれたとき以来ですよ」

と言いながら、国三が意外にも上手に綿入れを着せられた駿太郎を抱き取った。

綿入れやおしめは父親の須藤が残したものでは間に合わず、長屋じゅうから集

めるれたもので、継ぎはぎだらけの古着だった。それが駿太郎を町人の子に見せていた。

小籐次が舫い綱を外して器用に入堀に舟を出した。

「駿太郎様、いってらっしゃい」

お夕が手を振り、お麻が腰を屈《かが》めて送り出した。

「お夕ちゃん、ひと稼ぎしたら、なんぞ甘いものでも購《あがな》って参る」

「そんなことを気にしないで下さいな」

お麻の声に送られて小舟は一町半にも満たない入堀から御堀に出て、東海道に架かる芝口橋に向かった。

「赤目様、駿太郎のお父つぁんとおっ母さんはどうしたんです」

「おっ母さんは駿太郎を生んだ折、難産だったとみえ亡くなられたのだ」

「母なし子か、駿太郎は」

「生まれたばかりで母親を亡くした駿太郎がようもこれまで育ったものよ。父親の苦労が偲《しの》ばれるわ」

「でもさ、結局、駿太郎を育てきれなくておっぽりだしたんでしょ」

国三が両腕を揺らして駿太郎の機嫌を取りながら聞いた。

「おっぽり出したわけではない。駿太郎と二人なんとか暮らしを立てようとしたがな、金に困ってこの赤目小籐次を殺す仕事を引き受けられた」

ひえっ！

と国三が驚きの声を発した。すると、駿太郎がむずかりだした。

「駿太郎、大丈夫だよ」

と小舟の中で腕を振り振りあやすと、駿太郎の顔が直《す》ぐに笑いに変わった。

「赤目様、駿太郎のお父つぁんは」

「この世の者ではない」

国三が駿太郎の顔を覗き込み、

「おめえも変わった生き方をすることになったな。お父つぁんを殺《あや》めた赤目小籐次様に育てられるんだぜ」

と言ったとき、小舟は久慈屋の船着場に横付けされた。

小籐次が舫い綱を杭《くい》に結び、国三から駿太郎を受け取ると、船着場から河岸道に上がり、掃き掃除が綺麗になされた久慈屋の店先に立った。

東海道芝口橋北詰の角地に大きな店を構える紙問屋の久慈屋は、幕府や御三家の御用達《ごようたし》だ。

朝餉の刻限か、大店の店には奉公人は数人しかいなかった。その中に大番頭の観右衛門《かんえもん》がいて、帳簿を調べていたが、人の気配に顔を上げた。

「御用とお伺いし、参上しました」

五尺そこそこの矮軀《わいく》の腕に赤子が抱かれてあった。

「どこぞから赤子を引き取って育てられていると聞きましたが、ほんとでしたか」

「久慈屋どのには早々にお断わりを申すべきところ、慣れぬことに戸惑い遅くなりました」

「そのようなことはどうでもよろしいが」

観右衛門が帳場格子を出ると上がり框《がまち》まで来て、小籐次の抱く駿太郎の顔を覗き込んだ。

「なかなかの面魂《つらだましい》かな。侍のお子ですか」

と観右衛門が訊いた。すると、小舟から風呂敷包みを提げてきた国三が、

「大番頭さん、この子の父親は赤目様に返り討ちに遭ったんですって」

と言った。

観右衛門が小籐次と駿太郎の顔を交互に見て、

「国三、ご飯を食べてきなさい」

と命じた。

「駿太郎さんを台所に連れていきます」

と国三が小籐次の腕から赤子を抱き取り、奥へ消えた。

「また一体全体どういうことで」

小籐次は、駿太郎の父親が赤目小籐次暗殺の刺客を引き受けた理由と勝負の模様、さらには駿太郎を引き取ることになった経緯をざっと告げた。

「なんと赤穂藩の中老がそのような真似をなされましたか。四家と赤目様の旧藩ではとっくに話が付いたと思うておりましたが、未ださようなことを考える方がおられたとは」

と呆《あき》れた。

「ともあれ、駿太郎を父親の須藤平八郎どのから託された手前、それがしが育てることに相なり申した」

「と申されますが、男手一つで育てるのは大変でございますぞ」

「この数日で十分に分り申した。だが、最前も申したとおり武士と武士が命を懸けた場で約定したこと、須藤駿太郎を赤目駿太郎として育てる道を決め申した」

ふーう

と息を吐《つ》いた観右衛門が、

「赤目様、朝餉はまだのようですな」

「こちらより赤子の乳が先でな」

「ならばうちで朝餉を食し、今日は店先でお仕事をなされ」

と観右衛門が勧めた。

二

小籐次が久慈屋の台所に顔を出すと、おまつら女衆《おなごし》が駿太郎を取り囲んであやしていた。駿太郎は大勢の女に囲まれてご機嫌の様子だ。声まで上げて笑っている。

「赤目様よ、この子は先々女で苦労するかも知れないよ、男衆があやしてもむっつりしているだけだったがさ、私らがかまうときゃっきゃと喜ぶよ」

「そうか。その子は母親をまるで知らんでな、おまつさんを母親と思うたのかも知れんな」

「母親だって。駿太郎ちゃんのおっ母さんにしては、ちいととうが立っているけどよ」

とおまつが嬉しそうに笑い、

「さあて、大番頭さんと赤目様の朝餉の仕度をしようかね」

小籐次と観右衛門は、台所の板の間に黒光りして立つ大黒柱の前に座して箱膳を待った。他の奉公人は銘々《めいめい》が箱膳を用意して、その引き出しから茶碗や椀を出して飯や汁をよそうが、大番頭の観右衛門には女衆の手で飯を盛られ、汁をよそわれた椀が載った膳部が運ばれてきた。

今朝のおかずは炭で炙《あぶ》った鰯《いわし》の目刺しと里芋、椎茸《しいたけ》、こんにゃくなどの煮物と胡瓜《きゆうり》の漬物だ。味噌汁の具は若布《わかめ》に油揚げが入っていた。

「これは美味《おい》しそうな。今朝は朝餉抜きと覚悟しておりましたが、思い掛けなくもご馳走《ちそう》を頂戴《ちようだい》致します」

箸《はし》を両手で捧げた小籐次は瞑目《めいもく》して食べ物に感謝した。

「赤目様、あの子の父親は侍と申されました。それ以上のことは分っておらぬので」

箸をとった観右衛門が小籐次に訊いた。

「駿太郎の着替えなんぞが包まれた風呂敷に簡単な書付が入っておりました」

「ほう」

「須藤平八郎どのは丹波篠山《ささやま》藩青山家の馬廻り役百十三石。心地流の免許持ちと記され、母親は小出お英。駿太郎の生まれが文化十五年戊寅睦月《むつき》朔日《ついたち》とあるだけで、他にはなにも書き記されておりませなんだ」

文化十五年は四月二十二日に文政と改元していた。つまり駿太郎は十月《とつき》足らずの赤子ということになる。

「老中の青山忠裕《ただやす》様のご家来の子ですか」

観右衛門が、女たちに存分に構われ、自分たちの朝餉の仕度を始めた女たちの傍《かたわ》らに寝かされた駿太郎を見た。

「母親はあの子を生んで直ぐに亡くなったわけですな」

「それがしと出会ったときには二人だけで、どう見ても母親の影はございませんでした。なにより須藤どのがそれがしに駿太郎を託された言辞で、そう判断致しました。あの子に血縁があるような言い方ではございませんでしたからな。それでそれがし、母親は亡くなったものと思うたのです」

「赤目様、そうとばかりは言い切れませんぞ」

「なにっ、母親が生きておると観右衛門どのは申されるので」

小籐次は自分の思い込みを大番頭に突かれ、動揺した。

「いえ、そのようなこともなきにしもあらずと申し上げただけです」

「そうか、生きておることも考えられるか」

となると、駿太郎を小籐次の子として育てることがよいことかどうか。

「青山様に問い合わせてみるか」

小籐次は呟いた。

母親がおるならば、当然のことながら母親の許で暮らすのが駿太郎にとって一番幸せなことであろう。

「須藤様は浪々の身になって長くはございませんので」

「風体《ふうてい》から察して、浪人暮らしに慣れていたとは思えません」

「となると、あの子が生まれた前後に屋敷奉公を自ら辞めたか解かれたか、そういうことが考えられますな」

と観右衛門がしばし思案し、

「赤目様、篠山藩には伝手《つて》がなくもございません。須藤平八郎様と小出お英様のこと、尋ねてみますか」

と小籐次に訊いた。

「そうだな。それがしがこの恰好《なり》で老中職の大名家に問い合わせに参ったところで相手にもしてくれますまい。お願い申す」

観右衛門が請け合った。

朝餉の後、小籐次は早速いつものように久慈屋の広い店先の一角に研ぎ場を設《しつら》え、仕事を始めた。久慈屋が使う刃物だけでも何十本とあった。註文を取りに歩くこともなく、東海道を往来する人馬などを見ながら悠然と仕事をしていればいい。

「赤目様、お久しぶりですな」

と久慈屋の隣りに店を構える足袋《たび》問屋で、仕立て屋を兼ねる京屋喜平《きょうやきへい》の番頭の菊蔵が姿を見せた。

「番頭どの、壮健でなによりにござる」

「元気だけが取り柄です。それよりなによりうちの職人め、小生意気にも赤目様の研いだ刃物じゃないと仕事ができないなんぞと文句をつけましてな。ともかく三日に一度は顔を出して下さいよ」

と刃が丸まった刃物を十数本も置いていった。

小籐次はひたすら研ぎ仕事に専念した。

駿太郎は久慈屋の女衆が面倒を見てくれるのだ。久しぶりに仕事に集中して、夕暮れ前には久慈屋と京屋喜平の道具の大半を研ぎ終えていた。

季節は冬へと移ろおうとしていた。そのせいで日が暮れるのが早くなっていた。外光を頼りの研ぎ仕事は陽がある内が勝負だ。そろそろ店仕舞いしようかという頃合、駿太郎を抱いた久慈屋の娘のおやえが姿を見せた。

「おやえどのにまで造作をかけて相すまぬことです」

「赤目様、うちにはこのような赤ちゃんはおりませぬ。毎日だって連れてきてよいことよ」

「そう毎日お世話をかける訳にはいきませんぞ。それよりおやえどの、どなたかお好きな方と所帯を持たれ、自分の子をお生みになることです」

「嫌だ、所帯を持てだなんて。やえには早いわ」

顔を赤らめたおやえが奥に引っ込むと、代わりに表口に人影が立ち、

「こちらのお嬢さんは晩生《おくて》かな。そろそろ旦那も奥様も孫の顔を見たいだろうに」

という声がした。

難波橋《なにわばし》際に一家を構える御用聞きの秀次親分だ。手先も連れず一人だ。

「赤目様にはいきなり孫のような子ができたってねえ。おやえさんが抱かれていた赤子ですね」

「さすがに親分、よくご存知だ」

「いやさ、大番頭さんに呼ばれたんでさ。こちらに来ようとしたら、その先で勝五郎さんにばったりと会ったのさ。仕事先に版木を届けての帰りとか、だいぶぼやかれましたぜ」

「長屋じゅうに迷惑をかけておる」

「赤目様が一番大変でございましょうが」

「夜もなかなか寝かせてくれぬな」

「赤目様を付け狙った刺客の倅《せがれ》ですってねえ」

「わしがあの子の父親と剣を交えたは、さる大名家と関わりの深い御用商人の屋敷でござった。おそらくその者の亡骸《なきがら》、大名家で密《ひそ》かに始末をつけていよう」

「勝五郎さんの話だと、御鑓拝借が未だ尾を引いておるとか」

「命を狙われた末に刺客どのの子まで預かることになった。真《まこと》に勝五郎どのらには迷惑をかけておる」

秀次が苦笑いし、待っていた様子の観右衛門と一緒に奥に消えた。

久慈屋ほどの大店ともなると、なにやかやと町方の手を煩《わずら》わす仕事が出てくる。そこで馴染《なじ》みの御用聞きを出入りさせて、盆暮れにそれなりのものを渡していた。

小籐次が桶の水を表に撒《ま》き、後片付けをしていると、おまつが顔を見せた。

「赤目の旦那、夕餉を食していくかえ」

「店を借りて仕事をさせてもらったうえに三度三度の賄《まかない》では気が引ける。駿太郎のこともあるでな、長屋に戻る。おお、そうだ、台所の包丁は預かって参り、今晩研いでおこう」

「なにも長屋に戻ってまで研ぎを続けることもあるまい」

「仕事はあるうちが花にござるよ。それに駿太郎に度々《たびたび》起こされるのだ。眠気が訪れるまで仕事をして過ごす」

「ならばさ、お重に夕餉の菜を詰めておく、あとは飯だけ炊けばよかろう。その傍らにさ、錆《さび》くれ包丁も入れておくよ」

「そうして下され」

小籐次は研ぎ上がった刃物を京屋喜平に届け、道具を舟に載せると、最後に駿太郎を引き取りに久慈屋の台所に行った。観右衛門と秀次は奥で話しているのか、台所の板の間には姿が見えなかった。

「赤目の旦那、坊は船着場まで私が抱いていくよ」

おまつが言い、

「ほれ、そこの風呂敷包みが夕餉の菜と包丁だよ。茶饅頭《まんじゆう》も五つほど入れておいた。夜鍋《よなべ》仕事の合間に食べなされ」

と駿太郎を抱えたおまつが顎《あご》で指した。

「大番頭どのによろしくな」

小籐次は女衆に言い残すと、久慈屋の裏口から路地に出た。一日女たちに構われていた駿太郎はご機嫌で、船着場でおまつが小籐次に渡そうとすると駄々《だだ》をこねる様子さえ見せた。

「確かに女好きだ。この者の父親だがな、白面の貴公子然とした風貌《ふうぼう》であったで、駿太郎も男前になろう」

「早や、親馬鹿かね、赤目様」

「そんなとこだ」

小籐次は小舟を流れに乗せ、御堀から芝口新町の入堀の堀留に小舟を着けた。堀留の石垣の下に打ち込まれた杭に舫い綱を結ぶと、

「駿太郎、待っておれ」

と、まず商売道具を長屋の敷地に上げた。すると、木戸口で長屋の住人が固まって何事か話し込んでいた。

「どうしたな」

小籐次の声に木戸口の人影が振り向き、勝五郎が、

「最前から新兵衛さんの姿が見えなんでよ。お麻さんとお夕ちゃんと一緒によ、おれも探しに出るところだ。桂三郎さんは先に表通りに飛び出していってらあ」

お麻の亭主の居職《いじょく》の桂三郎はすでに探しに出ていた。

「待て、わしも参る」

おきみが飛んできて、駿太郎を受け取った。お夕も従《つ》いてきた。

「お夕ちゃん、新兵衛どのの姿が見えなくなったのはいつのことだ」

「つい最前です」

「心当たりはないか」

「爺《じい》ちゃんがいなくなる前に長屋の前を二八蕎麦《そば》屋さんが流していきました。爺ちゃんは物売りに弱いんで付いていったと思います」

「お夕ちゃん、駿太郎の面倒を見てくれぬか。その代わり、わしが新兵衛どのを

探しに出よう」

「まったく世話が焼けるぜ。仕事で戻ったばかりだが、そうしてくれるかい」

と勝五郎が言った。

口では新兵衛がどうの、駿太郎の夜泣きがどうのと文句たらたらの勝五郎だが、胸中では気にかけていたのだ。

「お夕ちゃん、風呂敷包みにな、茶饅頭が入っているそうだ。久慈屋の台所で頂戴したのだ。それでも食べて待っておれ。なあに、案ずるには及ばぬ、そう遠くには行ってはおるまい」

小籐次はまだしていた前掛けを外した。

木戸口で待つお麻が、

「赤目様、お仕事でお疲れのところすいません」

「今朝、そなたから言われたな。相身互《あいみたが》いだとな。参ろうか」

新兵衛長屋の前で、お麻と勝五郎と小籐次は三方に別れた。

お麻は夕暮れの東海道筋に、勝五郎は脇坂持ち場と呼ばれる播磨竜野藩の上屋敷の裏手に回り、小籐次は竜野藩邸の表門前を東海道の東側に沿った道へ向った。

小籐次の進む右手は町屋で、通りを挟んで竜野藩、陸奥《むつ》仙台藩の豪壮な上屋敷、さらには陸奥会津藩の中屋敷が並んでいた。

「ご門番、つかぬことを伺うが、少し惚けた年寄りがこの前を通らなかったであろうか」

仙台藩の門番に小籐次は訊いた。

「なに、また久慈屋の家作の差配がふらふらしておるか」

どうやら、この界隈《かいわい》で新兵衛の徘徊癖は有名になっているようだ。

「恐れ入ります」

「今宵《こよい》は見ておらぬな。あの者、歌を歌いながらふらつくで直ぐに気付くのじゃがな」

「有難うござった」

小籐次は会津藩の門番にも尋ねた。厳《いかめ》しくも六尺棒を構えた門番が、

「先ほども婿《むこ》と申す仁が訊いていきおったが、この前は通らぬぞ」

小籐次はどうやら桂三郎と同じ道を辿《たど》っているようだ。

会津中屋敷の西南の角は新銭座《しんせんざ》町の辻だ。右に向えば東海道、左に折れれば会津中屋敷の裏通り、御堀を挟んで浜御殿の道に出る。

小籐次は勘に任せて浜御殿の道を選び、足早に進んだ。

晩秋から初冬に移ろおうとする浜御殿に冷たい風が吹いていた。落ち葉が風に舞い、転がっていった。遠く竜野藩の裏手に赤提灯《あかちょうちん》か、灯りが見えた。なにか屋台店のようだ。

小籐次は急いだ。三人目が止めに入ったが、もう一人の影を突き飛ばした。するとと突然影絵のように人が立ち、大きな影にその者も突き倒された。

さらに足を早めると、乱暴を働く巨漢の怒鳴り声が響いてきた。

「おれが気持ちよく飲んでいるところになんでえ、惚けた爺《じじい》が来ておれが酒を飲む姿を羨《うらや》ましそうに眺めてやがる。酒が不味《まず》くなるから、あっちにいけと言ったのが分らねえか。上燗屋《じょうかんや》、てめえと、この親子はぐるか」

怒鳴る巨漢は渡り中間《ちゅうげん》のようだ。

「兄い、新兵衛さんは頭が惚けてのことだ、悪気はねえんだ。勘弁してくんな」

「てめえら、ぐるになってうだうだ抜かしやがって気分が悪いや。おい、奴《やっこ》、河岸を変えるぜ」

と渡り中間の頭分が叫び、ぞろぞろと仲間たちが上燗屋の屋台の周りから立ち上がった。

「気分を悪くされたとありゃあ、致し方ございません。へえっ、毎度有難うございます。酒代と田楽代で一朱と百七十文にございます」

「上燗屋、てめえ、この扱いで銭を取ろうというのか。屋台店ひっくり返して堀に叩き込むぞ」

「あんた方、ただ食いただ飲みしようと切っ掛けを探していたね。新兵衛さんが来たのをよいことに文句を付けたか」

上燗屋の声が厳しく応じた。

「抜かしやがったな。ただ飲みだと。奴、構うこっちゃねえ。屋台を水ん中に放り込め」

「兄い、合点承知だ」

と仲間が手に唾《つば》を吐きかけ、屋台を持ち上げようとした。

「待て、乱暴は許さぬ」

小籐次の声に上燗屋の老爺《ろうや》が、

「赤目の旦那、いいところにお出《い》でなすったぜ」

小籐次が見れば、顔見知りの上燗屋の嘉助だ。

「桂三郎さん、新兵衛さんに怪我《けが》はないか」

「突き飛ばされて肘《ひじ》を擦りむいたくらいです」

「おまえ様は」

「手をちょいと傷めたくらいです。大したことはありません」

桂三郎が小籐次の顔を見て、ほっと安堵《あんど》の表情を見せた。そのかたわらで新兵衛がなにを考えているのか、にたにたと笑っていた。

「錺職人が手を傷めては仕事にもなるまい。また上燗屋のお代が二分とな」

「いえ、赤目の旦那、一朱と百七十文なんで」

「これだけの男が飲み食いして二朱足らずはなかろう。二分の間違いじゃな」

と言い切った小籐次が中間の頭分に手を差し出した。

中間は出入りの屋敷のお仕着せの印半纏《しるしばんてん》に梵天帯《ぼんてんおび》を締め込み、背中に木刀を斜めに差していた。身の丈は五尺余の小籐次をはるか一尺以上も抜いて仁王様のようだ。

「聞いたであろう。上燗屋のお代が二分、新兵衛さんと桂三郎さんの怪我の治療代が二分、合わせて一両承《うけたまわ》ろうか」

「新手《あらて》の惚け爺が姿を見せたぜ。爺、こちとら、伊達《だて》様の中間部屋に住まう荒熊の助五郎ってお兄い様だ。銭がほしけりゃ、伊達屋敷に取りに来な」

荒熊の助五郎の大きな手が、小籐次の襟首《えりくび》を摑《つか》んで御堀にぶん投げようとした。

小籐次の足が荒熊の股間を蹴り上げると、手首を逆手に取って捻《ひね》った。六尺の巨軀が軽々と宙を舞い、背中から地面に叩き付けられて、
きゅん
と呻《うめ》き、悶絶《もんぜつ》した。

一瞬の早業だ。

「野郎、やりやがったな」

と助五郎の仲間が背の帯に突っ込んだ木刀を抜いて、構えた。

「おめえさん方、止《や》めな止めな。この方をどなたと心得るんだ。赤目小籐次様だぜ。小城、臼杵、丸亀、赤穂の大名四家の侍がこの酔いどれ小籐次様一人の軍門に降《くだ》ったんだ。てめえら、渡り中間なんぞはよ、造作なく始末して湯屋の釜《かま》の焚《た》きつけにされちまうぜ」

いきり立った中間が嘉助爺の啖呵《たんか》に竦《すく》んだ。

「ほれ、てめえらのありったけの銭を出して行きな、行きな」

「上燗屋、飲み代と治療代で一両だぞ」

「酔いどれの旦那、こやつらの銭、ありったけさらったって一両なんぞにはなりはしませんよ」

と言うと、丼になみなみと酒を注《つ》ぎ、

「赤目の旦那、汗搔《か》き賃だ」

と差し出した。

三

翌朝、小籐次は駿太郎を背におぶい、夜のうちに研ぎ上げた包丁を持って、久慈屋に届けた。観右衛門が、

「赤目様、うちには女手はいくらもございますよ。駿太郎さんをうちに置いていきませんか」

と気遣ったが、

「気持ちだけ頂戴しよう。父親の須藤平八郎どのに駿太郎を育てると約定したでな、それがしのできることはやってみたい」

船着場まで観右衛門が二人を見送った。

「小出お英様が健在かどうか、ただ今調べておりますでな」

「なあに、赤子一人くらい赤目小籐次育てられますぞ、大番頭さん」

強がりを残した小籐次は小舟を御堀の東へと向けた。

芝口橋から汐留橋《しおどめ》と下り、昨夜、騒ぎがあった竜野藩の屋敷横を浜御殿へと向う。

昨夜、上棡屋で一杯酒を馳走になった小籐次と桂三郎は、新兵衛を伴い、長屋に戻った。すると、新兵衛探しに出た勝五郎は戻っていたが、お麻は帰っていなかった。

「爺ちゃんが戻ってきたよ」

と駿太郎を抱くお夕が喜びの声を上げ、

「爺ちゃん、駄目でしょ、二八蕎麦屋さんに付いていっちゃあ」

と注意した。すると新兵衛が、

「どちら様か存じませぬが、有難いことでございます」

と頭を下げた。

「あーあ、孫娘にこれだもんな。詮《せん》がないぜ」

と勝五郎が言うところに、お麻も汗を搔いて戻ってきた。

「お父つぁん」

と皆の手前つい大きな声を出そうとするお麻に、

「お麻どの、新兵衛さんが無事に戻ってきたんだ。そっとしておいておやりなされ」

と小籐次が言い、桂三郎が手に握り締めていた一朱を皆に見せて事情を説明した。

「なにっ、新兵衛さんはふらふらして一朱を稼いできたってか、呆れたね」

「勝五郎さん、この一朱は赤目様の手間賃だよ。赤目様に申しても上燗屋の嘉助爺に言っても、怪我代と言われるのでもらってきたんだ。長屋で酒を飲む際に使わせてもらいますよ。お麻、それでいいだろう」

と桂三郎が言い添え、お麻の了解を取った。

「渡り中間が上燗屋を相手にただ酒を飲もうとしたところに新兵衛さんが紛れ込んだのだ。あやつら懐に二朱ばかりしか持たなかった。上燗屋と二人で分けたでこうなった」

と小籐次が説明し、騒ぎはけりが付いたのだった。

小籐次の漕ぐ小舟は築地川に入っていた。

浜御殿から色付いた紅葉《もみじ》の枝が差しかかり、水面《みなも》を赤く染めていた。

「駿太郎、いつしか季節は冬へと進んでいきおるぞ」

と背におぶった駿太郎に話しかけた。

「そうだ、そなたに竹細工でなんぞ玩具《おもちゃ》をこさえてやろうかのう」

駿太郎は小舟の船べりに巻いた藁《わら》づとに差した引き物の風車が風に回るのを見ている様子があった。

江戸の内海に出ると波が高くなった。

小籐次は駿太郎を背負った恰好で小舟に立ち上がり、櫓《ろ》を使った。

駿太郎をおぶったうえに綿入れのねんねこを着ているので、小籐次はうっすらと汗を掻いた。

ねんねこはお麻からの借り物だ。

佃島《つくだじま》と鉄砲洲《てっぽうず》の間を抜け、石川島に小舟を寄せた小籐次は越中島へと舳先《へさき》を向けた。

この界隈、大川河口にあたり、河口の中洲を埋め立てた石川島が塞《ふさ》いだ地形で、江戸の内海から押し寄せる波と大川から流れ込む流れがぶつかって複雑な水流を作っていた。

小籐次は巧みに櫓を操り、越中島を回り、深川の堀へと小舟を入れた。すると波が落ち着き、揺れも消えた。

深川界隈の水辺に朝靄《あさもや》が漂って、荷足り船が大川に向っていくのが見えた。船頭が煙管《きせる》を吹かす煙がなんとなく長閑《のどか》だ。

小籐次は大船の立てる波を避《よ》けて、いつもの稼ぎ場所蛤町《はまぐりちょう》の裏河岸に小舟を乗り入れた。この辺りは町家に囲まれた舟溜まりで、時が止まったような雰囲気がいつも漂っていた。

水面に二尺幅の板を長く張り出しただけの船着場に一隻の百姓舟が止まり、菅笠《すげがさ》に縞木綿《しまもめん》をきりりと着て手甲脚絆《てっこうきゃはん》の娘が、裏長屋のおかみさん連を相手に瑞々《みずみず》しい野菜を売っていた。

平井村から野菜を売りにくる娘はうづで、客はおかつらだ。

「あら、赤目様、ねんねこなど着込んで風邪を引いたの」

うづが驚きの顔で見て、小籐次が船着場のうづとは反対側に小舟を止めた。

「そうではないが、ちと事情《わけ》があってな」

うづが小籐次の背の駿太郎に気付き、言葉を失《な》くした。

「赤目様、赤ちゃんなんかおぶってどうしたのよ」

「酔いどれの旦那よ、意外と隅におけないね。どこぞ岡場所の女郎に子を生ませたね」

うづに続いて、大根を抱えたおかつが叫んだ。

「おかつどの、それがしの風体を見られよ。年も年だ」

「いかにもさようって言いたくなるね。確かにおまえ様に外で赤子を生ませる甲《か》斐性《いしよう》があるとも思えない」

おかつは言うと、

「旦那、事情を話しな」

と小籐次に迫った。

「事情を話してもよいが、その前に舟を舫い、このねんねこを脱がせてくれぬか。暑うて敵《かな》わぬ」

うづが百姓舟から船着場に慌《あわ》てて上がり、舫い綱を杭に繋《つな》ぐと、小籐次は綿入れの前紐《ひも》を解《ほど》いた。

「ほれ、このとおり汗びっしょりだぞ」

ふうっ
と一つ息を吐いて風を受けた小籐次は、

「赤子とは温かいものじゃな。今年の冬は行火《あんか》がわりに駿太郎を抱いて寝よう」

駿太郎をうづが抱き取り、

「整った顔立ちにございますね」

「おおっ、わしとは似ても似つかぬぞ」

と言い合った。おかつらも駿太郎を覗き込み、

「確かに酔いどれの旦那の血筋じゃないよ」

と得心したように頷《うなず》き合った。

ねんねこを折り畳んで駿太郎の寝床が小舟に作られ、寝かされた。

風車が近くに見えるせいか、駿太郎の興味は竹細工に釘付けだ。

小籐次は興味津々《しんしん》のうづらに、駿太郎を預かる羽目になった経緯をざっと語った。

「なんだって、この子のお父つぁんは酔いどれの旦那を殺しにきてさ、返り討ちに遭いなさったってか。それでおまえ様が引き取ったんだと、呆れ返った話だよ」

おかつが両眼を丸くした。

「武士の約定でな、致し方なく駿太郎を育てることになったのだ」

「そんな約束があるもんかい。犬猫の子じゃないよ。子供を預けるだの、預けないだの、法外な話だよ」

おかつが、

と散々に悪態を吐いて船着場から姿を消した。

急に船着場が静かになった。

うづは百姓舟に戻らず、船着場に座って駿太郎を見下ろしている。

「赤目様の気持ちは分らないわけではないけど、赤子を男手一つで育てるのは大変よ。大丈夫なの」

「長屋でも、世話になっておる久慈屋でも同じ言葉をかけられるがな。まあ、なんとかなろうと答えるしかない。それにな、おかつさんらには申さなかったが、駿太郎の母親が生きておるやもしれんのだ。昨日の内に久慈屋が駿太郎の父親が奉公していた大名家に問い合わせておる」

「おっ母さんがおられるなら、駿太郎さんは母親の手で育てられるのが一番幸せよ」

「そういうことだ」

「となると、赤目様は駿太郎さんを手放すことになるわね」

「そういうことだな」

と答えながらも、もし小出お英が生きていたとしてもそう簡単に駿太郎を引き取ることにはならないのではないかと、小籐次は考えていた。

武家屋敷で祝言《しゅうげん》も挙げぬ男女が子をなすということがいかに大変か。屋敷奉公の経験がある小籐次には察しがついた。

「赤目様、註文取りにいかれるのなら、駿太郎さんの面倒を見ているわよ。お昼までいるから一稼ぎしていらっしゃいな」

「嫁入り前のうづどのに赤子の面倒などをかけてよいものかのう」

「私にも弟や妹がいるのよ、赤ちゃんの扱いは慣れているもの、心配しないで」

「そうか、ならば頼もう。おしめと重湯は風呂敷包みにある」

小籐次は桶に商売道具の砥石を入れて、船着場に上がった。すると、駿太郎が泣き出した。

「あらあら、駿太郎さんはもう赤目様をお父つぁんと勘違いしているの」

うづが小舟に乗り込み、抱き上げた。すると、たちまち機嫌を直した。

「ここは大丈夫よ」

「昼に戻るで、竹藪《たけやぶ》蕎麦の温かいものでも食そう」

小籐次は破れた菅笠を被《かぶ》り、桶を担いで深川蛤町の河岸道に上がった。すると、路地の奥から鰹節《かつおぶし》のいい香りが漂ってきた。

竹藪蕎麦の出汁《だし》の仕込みの匂いだ。

小籐次は竹藪蕎麦には仕事の戻りに立ち寄ることにして、まず黒江町八幡橋際の曲物《わげもの》の名人万作の仕事場を訪ねることにした。

万作の仕事場では、すでに万作と倅の太郎吉が仕事を始めていた。

「親方」

と声をかけた小籐次に、

「そろそろお出でになってもいい頃合だと思ってましたぜ。太郎吉、赤目様に仕事場を設えてやりな」

「太郎吉どの、様子は分っておる。そなたの手を煩わすこともない」

「赤目様よ、季節も季節だ。土間じゃ腰が冷えるぜ。狭いが、板の間に上がらないかえ」

親方が言ったが、小籐次は、

「陽もそろそろ当たってこよう。いつもの場所がなんぼか気が楽か、好きにさせて下され」

と願った。

土間の一角に筵《むしろ》を敷き、小判型の桶に水を張り、何種類かの砥石を配置すれば仕事場ができた。

「研いでもらいたい道具はいくらもあらあ。今日一日でもいいぜ」

「親方、昼には蛤町の裏河岸に戻らねばならんのだ。研ぎ残った刃物は長屋に持ち帰り、明日お届けするということでいかがかな」

「うちは構わないがよ。あの野菜売りの娘っこと昼飯を食べる約束でもしたか」

「それもあるが、赤子が待っておるのだ」

小籐次はここでも経緯をざっと述べた。説明を聞いた万作からしばらく返答はなかった。

ふうっ
という溜息が吐き出され、

「呆れた。命をやり取りした相手の子を育てることになっただと。そんな馬鹿な話、聞いたこともないぜ」

「成り行きでそうなったのだ」

「赤目小籐次様の暮らしもなかなか変わっておりますな」

「そういうわけで、せっせと仕事をせねばならん」

小籐次は刃の切れ味が悪くなった名人の道具を研ぐ仕事を黙々と始めた。根《こん》を詰めて研ぎに専念したが、昼の刻限になっても何本も研ぎ残しが出た。

「親方、赤子を抱いて仕事に来てよいかのう。迷惑なれば道具を預かろう」

「赤子の泣き声を久しく聞いてねえな。奥には母《かか》あもいらあ、連れてきなせえ」

「道具は置いて参るが、よろしいか」

「そうしなせえよ」

小籐次は身軽になって黒江町から蛤町の裏河岸に戻った。

この裏河岸は、くの字に曲がって仙台堀の小川橋から平野町の江川橋まで五町余り続いていた。

うづや小籐次がいつも舟を止める船着場はくの字の曲がり部分で、ここからさらに入堀が深川冬木町へと掘り割られていた。

蛤町の船着場に小籐次は江川橋から河岸道伝いに戻ってきた。すると、堀の一角の船着場に二隻の小舟が見えて、駿太郎を抱いたうづが女連とお喋《しやべ》りをしていた。

小籐次の足が止まった。

うづらを監視する目を感じたからだ。

小籐次は歩みを緩《ゆる》めることなく辺りを見回した。すると深川冬木町、俗に寺裏と土地の人が呼ぶ河岸道に深編笠の武家二人が立ち、うづらを見詰めていた。

小籐次は察した。

うづを観察しているのではない。駿太郎を見ている目だろうか。

久慈屋の大番頭観右衛門が動いた結果にしてはえらく反応が早かった。となると、小籐次を探す目か。河岸道の二人は確かにうづらを観察していた。やはり須藤駿太郎を見る目と考えたほうが自然だ、と小籐次が判断したとき、小籐次はうづらがいる船着場に半町と近付いていた。

「こらっ、盗人《ぬすっと》小僧めが！」

竹藪蕎麦のある路地から男の子が飛び出し、その後を竹藪蕎麦の蕎麦打ちの半次が麺棒《めんぼう》を翳《かざ》して追いかけてきた。

「赤目様よ、その小僧を捕まえて下せえ！」

半次が叫び、小籐次が走りくる小僧の前に両手を広げる羽目に陥った。

陽に焼けた顔の子供の顔付きは必死で、継ぎだらけの単衣《ひとえ》の袖からなにかが空に舞い散っていた。出汁をとったあとの削り節のようだ。

小僧が小籐次の傍らをすり抜けようとした瞬間、小籐次の手が小僧の襟首を、きゅっと摑み、虚空に持ち上げた。

「な、なにをしやがる！」

と小僧が喚《わめ》きながら両足で虚空を掻いてばたつかせた。

五尺少々の矮軀のどこにそのような力が秘められているのか。片手で摑まれた小僧はどうにも身動きがとれなかった。そこへ竹藪蕎麦の半次が追いついて、

「こやつ、親方が黙って見逃しているのをいいことに、二番出汁の削り節を盗んでいきやがった。赤目の旦那、これで五、六回目だぜ」

と弾んだ息の下から叫んだ。

小籐次は小僧を下ろすと、

「逃げることはならんぞ」

と命じた。

小僧の顔に初めて怯《おび》えた表情が浮かんだ。

「なに、そなた、二番出汁の削り節を盗んだか。どうする気であったな」

小籐次に訊かれた小僧は口を硬く結んで答える様子はない。半次が小僧の膨《ふく》ら

んだ袖に手を突っ込み、削り節を摑み出した。

「半次さん、許して。捨吉さんはお父つぁんが仕事場で怪我をして、この数年休んでいるの。お腹を空《す》かしたからつい削り節に手を出したのよ」

うづが駿太郎を抱いて騒ぎの現場に駆けつけてきて言った。

「うづさんよ、おれだって事情が分らねえわけじゃねえさ。だったら、親方、すまねえ、この削り節、分けてくんなとなぜ頼めねえんだ。泥棒猫みてえな根性が許せねえんだよ」

と半次が捨吉を睨《にら》んだ。

捨吉はぎらぎらとした目で半次を睨み返していた。

年の頃は九つくらいか。

ふっふっふ
という笑い声が小籐次の口から洩《も》れた。

「なかなか気丈《きじょう》な小僧とみゆる。半次さん、およその事情は相分った。竹藪蕎麦に戻ろうか。小僧、そなたも参れ、悪いようにはせぬ」

小籐次の言葉に、捨吉が疑い深そうな目で睨んだ。

「そなたを騙《だま》してなんになる。この研ぎ屋の爺におまえの扱いを任せぬか」

捨吉は口を硬く閉ざしたままだ。

「捨吉さん、このお方は赤目小籐次様と申されて研ぎ仕事を生業《なりわい》としておられますが、大名四家を向こうに回して主君の恥を一人で雪がれた豪傑よ。酔いどれ小籐次、この名を聞いたことがないの」

うづの言葉に捨吉が、
ぽかん
と口を開き、

「姉ちゃん、この爺様が御鑓拝借の侍だって。小金井橋で十三人斬りしてのけた剣術遣《やっとう》いか」

「そうよ、竹藪蕎麦の美造《よしぞう》親方の前で素直に謝りなさい。赤目様は決して悪いようにはなさらないわ」

捨吉が頷き、竹藪蕎麦に戻ることを承諾した。

「うづさん、われらも竹藪の親方の蕎麦を馳走になろうかな」

とうづを誘いながら、小籐次と駿太郎を見詰めていたはずの目を確かめた。だが、武家二人は騒ぎの間に忽然《こつぜん》と姿を消していた。

四

竹藪蕎麦では美造親方が憮然《ぶぜん》とした顔で待っていた。

「親方。捨吉の奴をさ、赤目様の手伝いで捕まえて、ほれ、このとおり連れてきましたぜ」

蕎麦打ちの半次の得意げな顔を親方が見て、

「半次、うちが削り節を二番出汁にまで使っていると町内に宣伝してくれたようなものだぜ」

と文句を言った。なにか抗弁しかけた半次を制し、

「赤目の旦那まで騒ぎに巻き込んじゃったねえ」

と親方が申し訳なさそうに言い、うづが抱く赤子を気にしたが、

「赤目様、うちじゃあ一番出汁しか使いません。一旦出汁をとった削り節を二度漉《こ》すような真似《まね》は金輪際《こんりんざい》していませんがね、昔からの二八蕎麦の知り合いがさ、捨てるんならうちにくれないかというんでねえ。一番出汁をとった後、すのこを敷いてさ、乾かして取っておくんでさ。二八の親父は新しい削り節で取った出汁

にそいつを加えて味を調えますのさ。削り節をすのこで乾かす仕事を長年、半次がやっておりますんで。わっしも捨吉が時折盗んでいくのを知らないわけじゃなかった、捨吉の家の事情も承知していますからね。今日は、偶々《たまたま》わっしが外に出た折に捨吉が現れたらしい。そんでこんな騒ぎを引き起こしちまったんだ」

と内情を説明した。

「親方、およその事情も親方の心配も分った。竹藪蕎麦の出汁をすすれば、一番出汁でとった汁《つゆ》とだれも分ることだ。また、半次さんが手間かけて二八蕎麦屋の親父のために削り節をとっておく心根も分った」

と答えた小籐次は、

「捨吉、そなたは家のことを思い、削り節なればよかろうと持ち去ろうとしたのであろうが、世の中はいろいろな人間の考えや親切でなりたっているのだ。そなたは竹藪蕎麦の親方にまず断わって頂戴すべきであったな。その辺の理《ことわり》、そなたも分ろうな」

捨吉が頷いた。最前まで顔に漂わしていた尖《とが》った表情は消えて、今にも泣き崩れそうだった。

「捨吉、親方と半次さんに謝れ」

小籐次の言葉に捨吉が、

「親方、半次さん、すまねえ」

と小さな声で詫び、袖から生乾きの二番出汁の削り節を出した。

「親方、いくら二八蕎麦でも使いものにならないぜ」

「捨吉、今日は持っていけ。明日から欲しかったら声をかけろ」

と親方が諭すように言って騒ぎは収まった。そこで小籐次が、

「親方、花巻蕎麦を三つ頼みたい」

と願った。

半次が註文に応じるために奥に消え、

「赤目様、私、お握りを持ってくる」

とうづが表に出ようとした。

「うづさん、駿太郎をもらおう」

小籐次は駿太郎を抱き取った。

「赤目様、だれの子ですね」

「親方、わしの子と申せば驚かれような」

「なんだって」

親方が頓狂《とんきょう》な声を上げ、小籐次が事情を説明した。

「そうそう、いつぞや赤子連れの侍が赤目様のことを訊いて回っていたことがあったな。あいつが赤目様を襲ったのかえ」

最初に須藤平八郎のことを小籐次に教えてくれたのは、竹藪蕎麦の美造親方であったな、と小籐次は思い出した。

「それにしても、殺し屋侍の子を引き取るなんぞは赤目様らしいね」

と親方が含み笑いし、奥に消えた。

うづが竹皮包みの握り飯を持って戻ってきた。

うづのおっ母さんが昼餉に持たせる握り飯には古漬けの青菜がぐるりと巻かれ、その塩加減が絶妙でご飯に染みてなんとも美味しかった。小籐次の大好物だった。

「赤目様、重湯がなくなったけどどうしましょう。最前飲ましたばっかりだから、あと半刻《はんとき》（一時間）は大丈夫と思うけど」

「あとでな、こちらで湯をもらい、蕎麦湯でも作ろうか」

花巻蕎麦が三つ、

「へえっ、お待ちどお」

と小籐次らの前に出てきた。まだ土間に立ったままの捨吉の視線がちらりと湯気を立てる花巻蕎麦を見た。

「捨吉、座れ」

「お侍さん、これ、おれのかい」

「駿太郎はまだ赤子、母乳か重湯が食い物だ。そなたの分だ」

ひえっ
と喜びの声を思わず発した捨吉が、

「おいら、蕎麦屋で食べるなんて初めてだ」

と喜びをどう表現していいか、分らぬ顔をした。

うづが竹皮包みを解き、

「一つは赤目様に、もう一つは捨吉さんが食べなさい」

と捨吉の前に差し出した。

「蕎麦と握りだって、頭がおかしくならあ」

と花巻の丼と青菜握りを交互に見ていた捨吉が、

「姉ちゃんは食べないのか」

「私は毎日食べているからいいの。蕎麦で満腹になるわ」

「ほれ、蕎麦が伸びぬうちに頂戴するぞ」

小籐次は片腕に駿太郎を抱き、丼に箸を付けようとした。すると、奥からおかみさんのおはるが顔を見せて、

「赤目様、食べる間、私が赤ちゃんを預かるよ」

と抱き取ってくれた。

「おおう、これで食べ易《やす》くなった」

小籐次はずるずると花巻蕎麦を掻き込んだ。うづも食べ始めたが、捨吉は丼と握り飯を前に何事か考え込んでいた。

「花巻は嫌い」

うづの問いに、

「姉ちゃん、この握り飯、もらって帰っていいかな」

と上目遣いでうづに断わった。

「捨吉さんのものだもの。どうしようと勝手よ」

「家にさ、妹と弟がいるんだ」

うづが黙って頷き、小籐次が竹皮包みに残ったもう一つの青菜握りを捨吉の前に押しやった。

「二つともそなたのものだ。蕎麦を食べよ」

大きく頷いた捨吉が丼を両腕で抱え込むようにして食べ始めた。

小籐次は駿太郎を負い、黒江町八幡橋際の万作の仕事場に戻った。

「おうおう、ほんとうに赤目様がねんねこ姿で帰ってこられたぜ、おっ母、赤子のご入来だぜ」

と万作が叫び、待っていた様子のおかみさんが、

「あれ、まあ、ねんねこに包《くる》まっておとなしくしているよ」

と言いながら、小籐次の背から抱き取ってくれた。

「おかみさん、相すまぬ」

「赤ちゃんを抱くなんて何年ぶりかねえ」

「こちらには孫はいないか」

「太郎吉の姉が、川向こうの浅草の職人の家に嫁に行って外孫が三人いるがさ、なんせお互い忙しい身でね。なかなか会えないもんだから、孫もこっちに懐《なつ》きゃあしないよ」

とおかみさんが言い残し、駿太郎を奥へと抱いていった。

「親方、助かった。これで仕事ができる」

小籐次は残った道具を研ぎ始めた。

半刻もしたころか、奥で駿太郎のむずかる声がしたが、おしめを替えられた様子でまた泣き止んだ。さらに半刻後、駿太郎の泣き声が俄然《がぜん》大きくなった。

おかみさんが困った様子で駿太郎を抱いてきた。

「お腹が空いたようで重湯を含ませたが、飲まないんだよ」

竹藪蕎麦でこさえてもらったのは蕎麦湯で、いつもの重湯と味が違うようだ。

「駿太郎、武士の子はあれが駄目、これが駄目と文句を付けるでないぞ」

と小籐次が言い聞かせたが、駿太郎の泣き声はますます大きくなった。

「困ったな」

小籐次はおかみさんから駿太郎を抱き取り、河岸道をうろうろと歩いてみたが、泣き止む様子はない。

「お侍さん」

と声がして、捨吉が若いおかみさんふうの女と立っていた。

「姉ちゃん、なんとかしてくんな」

捨吉の姉か。捨吉が声をかけると女が、

「お侍様、最前は捨吉が大変世話になったそうでございます。お詫びに参ったのですが、まず赤ちゃんを私に」

と小籐次の手から駿太郎を受け取った。そして、

「あぶあぶあぶ」

とあやしていたが、

「お腹が空いているようですね」

と万作の仕事場を見た。仕事場には万作の女房が立っていた。

「おかみさん、ちょっと奥を貸してくれませんか。私のおっぱいをやってみます」

「おさとちゃん、助かるよ」

万作の女房と知り合いか。おさとが仕事場から奥の間へと駿太郎を抱きかかえていった。

「捨吉、そなたの姉様か」

「ああ、うちじゃあ、おっ母さんも体が弱いんでよ、姉ちゃんが一家を支えてきたんだけどよ、去年の春、大工の勘太郎さんと所帯を持って寺裏の長屋に住んでんだ。おれ、駿太郎の重湯がないと竹藪蕎麦で聞いたろ。そんで、姉ちゃんになんとかしてくれと頼んだんだ」

「よい考えであったな、助かったぞ」

小籐次は仕事に戻った。

捨吉は万作の仕事場の戸口で、万作の仕事ぶりや小籐次の研ぎ仕事をじいっと見ていた。

「そなたの父親は職人だったか、捨吉」

捨吉が頷き、万作が、

「屋根職人ですよ、それが柿葺《こけらぶ》きの屋根を踏み外して下に落ち、石だか、柱だかで腰を強く打って立てなくなった。屋根葺きがさ、腰が立たないんじゃ仕事もなにもありゃしねえ。この何年か、奥にいるおさとちゃんが切り盛りしてきたが、苦労が絶えないや。勘太郎と所帯を持ってこの夏に女子《おなご》をなしたがねえ、捨吉の家の面倒もみなきゃあならねえ。若い身空でようやってますよ」

と万作が奥を見た。

その奥からは駿太郎が乳を飲ませてもらって満足したか、きゃっきゃっという笑い声が響いてきた。

「捨吉、そなたの家には妹弟何人おる」

「一人ずつの二人だ」

ふと気付いて、小籐次は捨吉の年を聞いた。

「十一だ、もうすぐ十二にならあ」

なりが小さいので九つくらいかと思ったが、春が来れば十二歳だという。

「そなたが奉公に出るようになると、事情も違おうがな。わしと一緒で体が小さいで、あと二、三年待たねばなるまいな」

と言うところに、おさとが駿太郎を抱いて出てきた。

「助かった」

おさとは小籐次の言葉に頷き返すと、表口まで出て、

「赤目様、改めてお礼を申します。捨吉に聞いて驚きました。竹藪蕎麦から泥棒をしたなんて、私、恥ずかしくてこの界隈を歩けません」

「いや、それはもう済んだことだ。それに捨吉もこりておろうし、竹藪蕎麦の親方も分っておられる」

「これから捨吉を連れて親方の所に謝りに参ります」

「考え過ぎるでないぞ。捨吉も弟妹のことを思うてやったことだ」

「でも、事情がどうであれ、盗みはやってはいけないことです」

と答えたおさとが、

「赤目様、こちらに仕事に来られる折は駿太郎ちゃんを預かります。遠慮なくお知らせ下さい。うちの長屋は海福寺の寺裏、越後屋さんの家作です」

「一色町の質屋の越後屋か」

「はい」

と答えるおさとに捨吉が、

「姉ちゃん、お侍さんが蛤町の裏河岸に仕事に来たらよ、おれがおぶって連れていくぜ」

と請け合ってくれた。

「それは助かる。ほんとうによいのか」

「一人育てるも二人育てるも一緒です。乳だけはたっぷり出ますから」

と恥ずかしそうにおさとが答えた。

「よし、それならばおさとさんに駿太郎の世話を願おう。百文でどうだ」

「お守《も》り賃など考えてもおりません」

「それはならぬ。なんでも代価を支払ってこそ長続きするというものだ。わしが、駿太郎のことを気にせずに研ぎ仕事ができれば、お守り賃くらいなんでもないわ」

おさとは困った顔をしたが、

「万作親方、蛤町に来易くなったぞ」

と小籐次がいうと、万作が、

「おさとちゃん、うちも助かる、頼むぜ。お守り賃は赤目様に任せねえ」

と口を挟み、ささやかな契約が成立した。

「赤目様、本日は何刻《なんどき》までお仕事なさいますか」

「こちらで七つ（午後四時）過ぎまで仕事をさせてもらうつもりだ」

「駿太郎ちゃんをそれまで預かります。船着場まで七つ過ぎにお届けに上がります」

「よいのか。そなたにも赤子がおろう」

「捨吉に一人はおぶわせますから、ご安心下さい」

ひえっ
と捨吉が悲鳴を上げた。

「捨吉、今日、あんたがしたことを思い出させようか」

「止めてくんな。姉ちゃんはおっ母さんより折檻《せっかん》が酷《ひど》いからな。分ったよ、駿太郎はおれがおぶってお守りをするぜ、お侍」

とその場で駿太郎が捨吉の背におぶわされた。ねんねこを着たらまるで縞模様の達磨《だるま》のような恰好になった。

「お侍、温かくていいや。さっきは蕎麦を馳走になってよ、美味《うま》かったぜ」

と捨吉なりの礼の言葉を残して、蛤町の裏河岸に向かった。

「これであと一刻は仕事ができる」

二人の曲物職人と小籐次は競い合うように仕事に熱中した。そのせいで万作の道具はなんとか研ぎ終わりそうな感じになった。

そろそろ店仕舞いかと小籐次が河岸道を見たとき、経師屋《きょうじや》の安兵衛親方が小脇に布で包んだ道具を抱えて姿を見せた。

「赤目の旦那が万作親方のところで仕事をしているとよ、棒手振《ぼてふ》りが教えてくれたんだ。ここで捕まえておかなきゃあ、この次はいつになるか知れないよ。届けに来ましたよ」

「それは恐縮至極にござる。親方、道具を一晩預かってよいか」

「なに、明日にも研ぎ上がるってか」

「昼前にはなんとかお届けしよう」

「それならば、今使っている道具も頼むぜ」

という安兵衛の言葉を聞いた万作が、

「うちでも研ぎ残しがありますよ。赤目様、おれの知り合いの職人が一度、赤目様の研ぎで仕事がしてみてえと言っていらあ。当分、深川通いだね。駿太郎ちゃんはおさとちゃんが面倒見るのも決まったことだし、怠けるのではありませんぜ」

と釘を刺した。

「承知致した」

小籐次が桶に砥石や安兵衛の道具を入れて蛤町裏河岸に戻ってみると、すでにおさとと捨吉の姉弟がいた。駿太郎はおさとの腕にあって、捨吉がおさとの子の五月《さつき》をおぶっていた。

「お侍、姉ちゃんがよ、最前また腹一杯おっぱいを飲ませたぜ。重湯も作ってあらあ」

と竹筒を差し出した。

「有難い、造作をかけたな」

小籐次は小舟に道具を積み込み、おさとから駿太郎を受け取り、

「お蔭で仕事が捗《はかど》った」

と礼を言うと、駿太郎を桶の傍らの寝床に寝かせ、ねんねこで包んだ。

「亭主に駿太郎ちゃんを預かる話をしましたら、捨吉が世話になった方だ、せいぜい手伝いをしろと言われました」

「お願い申す」

小籐次が頭を下げると、おさとが、

「駿太郎ちゃんを承知のお武家さんなんておりませんよね」

と訊いた。

「どういうことか」

「こちらに駿太郎ちゃんを連れてこようとしたら、竹藪蕎麦の路地の出口で二人のお武家様に声をかけられました」

「なんと申したな」

「その方が抱く赤子は駿太郎という名かと訊かれました。それで私、知りませんと答えて、急いで船着場に下りてきたんです」

「その者たち、深編笠を被ってなかったか」

「はい」

小籐次は河岸道を見た。だが、二人の影はどこにもなかった。

なにか駿太郎の背後に暗くて深い闇が横たわっているようだ。

「おさとどの、捨吉、今日の子守り賃は明日と一緒にしてくれぬか。気を付けて帰れよ」

と小籐次は言うと、杭の舫い綱を解いた。

第二章　連夜の刺客

一

翌朝、深川へ仕事に出ようとすると、新兵衛長屋に久慈屋の大番頭観右衛門が姿を見せた。小脇に藁で編んだ籠《かご》を抱えていた。

「大番頭どの、小僧さんでも使いに頂ければ、こちらから駆け付けますものを」

と小籐次は荷を持っての到来に恐縮した。

「店の蔵で昔なにに使っていたか、この籠を見付けました。下に綿入れを敷くと、赤子の寝籠にならんかと思いましてな、持参しました」

「ますます恐縮にございます」

井戸端で朝餉の仕度をする女たちも、久慈屋の大番頭が姿を見せたというので、

「いよいよ新兵衛さんが引導を渡されるんじゃないかね」

とか、

「となると、桂三郎さんとお麻ちゃんの一家はどうなるね」

「そりゃ、新兵衛さんの身内でも一緒に役目を解かれるよ」

とか勝手なことを囁《ささや》き合った。

だが、観右衛門は駿太郎をおぶった小籐次の仕事舟に乗り込み、藁の籠を、

「おお、これはぴったりだ」

「私の勘が当たりましたよ」

と二人で言い合うと、その中に駿太郎を寝かせ、入堀から御堀へと出ていった。

「ありゃりゃ、行っちまった。となると、新兵衛さんの一件じゃあなくてさ、赤ん坊の一件だよ」

「するていと、赤目の旦那が駿太郎ちゃんと一緒に外に出される話かえ」

「おまえさんはどうして長屋から放り出す話に持っていこうとばっかり考えるんだい」

「いいえ、新兵衛さんの後釜《あとがま》に私が入り、おまえさん方を叱り飛ばそうと思ってさ」

「嫌だ嫌だ、根性が汚いよ」

女たちが井戸端から堀留に面した裏庭に出て、小舟を見送りながらあれこれと話を続けた。


舟では観右衛門が小籐次に話を始めていた。

「赤目様、生死は掴めませんが、小出お英様のことはおよそ分りました。遠縁ながら、筋目と呼ばれる藩主青山忠裕様の一門につながる家柄でしたぞ」

「駿太郎は譜代大名、それも老中の遠縁か」

小籐次もさすがに驚きを隠せない。

「それにしても、藩主の遠縁と馬廻り役百十三石では身分違いも甚だしいな」

「男と女の間柄ばかりは分りません。ただし、その辺の関わりは未だ調べがついておりません。難波橋の親分に密かな探索を願っておりますでな。もうしばらくお待ち下され」

と観右衛門が言う。

昨日、秀次親分が久慈屋に顔を出したのは駿太郎の一件だったかと小籐次は得心した。

「今までに分ったことを申し上げます。お国許《くにもと》に筋目、相談役千二百石小出貞房《さだふさ》様ご息女でお英様という美形がおられたそうです。こちらは丹波篠山のことで、それ以上のことは分っておりません。一方、須藤平八郎様ですが、江戸屋敷にこの数年勤番しておりました」

「となると、お英どのと須藤どのが出会うことは叶いませぬな」

「文化元年（一八〇四）より老中職の青山忠裕様には参勤交代はございません。国表を見回るためにご用人吉原甚左衛門様に従い、須藤平八郎様は篠山に一時帰国されることになりました。二年半も前のことです。剣術の腕前は篠山藩内で五指に入ると評された武士だそうで、道中の警護方として一行に加えられたのです。江戸勤番が解かれたわけではございません、篠山から直《ただ》ちに江戸へ戻るべきところ、篠山にそのまま滞在なされた。その間、馬廻りの役目の他に藩道場の師範代を務めておられたようです。帰国してから一年半の頃、篠山城下から突然、須藤平八郎様が逐電《ちくてん》なされた。さらに小出家のお英様の姿が屋敷から消えたそうな。赤目様、今分ったところはざっとこんなところです」

「ようも一夜で調べがついたものよ」

「篠山藩にも紙を納めておりますでな。まあ、昵懇《じっこん》の用人様もおられます」

と軽く受け流した観右衛門が、

「赤目様を殺そうとした須藤平八郎は、この篠山藩の馬廻り役と同じ人物と考えてようございましょう。駿太郎様の風呂敷に入っていた書付をそのまま信じるならば、母親は小出お英様ということになる。どんな曰《いわ》くがあったか分りませぬが、駿太郎様が江戸におられると知ったら、篠山藩主の血筋でもございます。小出家も手をこまねいてはおられますまい」

うーむ
と唸《うな》った小籐次は、

「大番頭どの、すでにその気配がございますぞ」

と昨日の深川蛤町界隈で付きまとう二人の武家の話をした。

小舟は入堀から御堀に出て芝口橋へと向っていた。

観右衛門は微妙な話ゆえ自ら長屋に出向いてきて、小舟の中で小籐次に話を聞かせたのだ。

「これはしたり、用人に口止めをしたつもりだったが、あの用人、小出家に早くも話を告げられたか」

「小出家の当主は在府中かな」

「はい。かたちばかりですが、相談役、藩主近くに常に控えるお役目です」

「小出家の意向が分らぬでは、ささ、どうぞと、小出家に駿太郎を連れていくのもなんだな」

「もしですぞ。筋目のお英様と馬廻り役の須藤様とがねんごろになって駿太郎様が生まれたとしたら、小出家では須藤平八郎様をそうそう簡単にお許しあるとも思えませんな」

「いかにもさよう。それにしても男と女、不思議な縁を持つものだな」

「これぱかりは、身分の上下を越えて時に燃え上がりますからな」

と大番頭が言った。

「お英どのが存命で、その望みがあれば駿太郎をお返しするのが一番よかろうが、お英どのの生死も分らず、小出家の出方も見えぬとなると、当分わが手で育てるしかござらぬな」

「そう申されると思いましたよ。本日は深川なんぞに遠出をなさらず、うちの店先で仕事をなさいませぬか。いくら小出家でも江戸府中で変な真似はなさるまい」

「お気持ちは有難いが、経師屋から道具を預かっておりましてな。本日の昼過ぎまでに研ぎ上げて届ける約束でそうも参りませぬ。また藩主のご家系の小出家もそうそう乱暴なことはなさるまい」

小舟が久慈屋の船着場に横付けされ、大番頭が小舟に乗っていると知った出入りの船頭らが挨拶して観右衛門を舟から船着場に引き上げた。

「赤目様、仕事は早めに切り上げなされよ」

「承知した」

小籐次は寝籠をひと揺すりして小舟の舳先を回した。

この日、深川蛤町の裏河岸の船着場に捨吉が待っていて、

「お侍、姉ちゃんが赤ん坊を連れてこいって」

と叫んだ。

うづも、すでに野菜を積んだ百姓舟を船着場に横付けして商いを始めていた。

「赤目様、歌仙楼のおさきさんが首を長くしてご到来を待っていると言付けられましたよ。職人さんが赤目様の研いだ包丁だと料理の味が違うというんですって」

「本日、昼過ぎから門前町に回れるとよいがな」

と言いながら、藁籠寝床から駿太郎を抱きかかえ、おぶい紐で、

「捨吉、背を向けよ」

と命じると背に負わせた。

「ねんねこをどうするな」

と小籐次は風もなく穏やかな陽射しの降り注ぐ空を見上げた。

高く澄んだ空が深川一帯に広がっていた。

「お侍、綿入れなんぞ着せられたら麹《こうじ》になっちまうよ」

「そうか、ならば迎えに参るときにそれがしが持参しよう」

捨吉におしめと重湯が入った風呂敷包みを持たせ、

「気をつけて参れ」

と送り出しながら、つい辺りを見回した。だが、丹波篠山藩の筋目小出家と関わりがあると思える武家の姿はなかった。

「よし、仕事を致すぞ。駿太郎の子守り代を稼がねばならんでな」

昨日、経師屋の根岸屋安兵衛親方が小籐次に預けた刃物は、十二本もあった。

長屋に戻った小籐次は駿太郎のおむつを洗い、湯を沸かして体じゅうを拭い清めたあと、おさとが用意してくれた重湯を飲ませて寝かせた。

　その後、夜鍋仕事をしたが、研ぎ上がったのは半数の六本だけだった。残りの六本を船着場で研ぐ心積りだった。

「まずは手始め、うづどの、そなたの商売道具を貸しなされ。研いで進ぜよう」

「赤目様、お金になる仕事が先よ」

「なんでもな、体を解《ほぐ》すのが大事だ。その間にそなたの包丁を研ごうという算段だ。遠慮はいらぬ」

　まず、うづの菜切り包丁を研ぎ上げた。

「これでどうだ」

　うづが大根の尻尾《しっぽ》辺りを切り、

「さすがに赤目様の研ぐ包丁の切れ味は違うわ。そんじょそこらの研ぎ屋と腕が違うものね」

　と感心すると、野菜を買いに来ていたおかみさんが、

「うづちゃん、うちの錆くれ包丁を研いでくれるかね」

　と小籐次を横目で窺《うかが》った。

「おかみさん、こちらは商売にござる。お代は四十文、研ぎあがれば気分も爽快《そうかい》、野菜でも魚でもばっさばっさと切れるぞ。ぜひお持ち下され」

と機嫌よく小籐次が言った。

小籐次は昼前まで経師屋の安兵衛親方の研ぎ残しと蛤町界隈の長屋のおかみさん連の包丁を研ぐことに専念したお蔭でなんとか終えた。

ふうっ
うづも店仕舞いをして、次の場所へと移動の準備をしていた。

「赤目様、お昼に食べて」

うづが竹皮包みの青菜握りを渡してくれた。

「そなたの分がなかろう」

「今日はおっ母さんが二つ別々の包みにしてくれたの」

「ならば遠慮なく頂戴しよう」

小籐次は竹とんぼを挟んだ破れ笠を被り、研ぎ上げた十二本の裁ち包丁などを布に包んで小脇に抱え、うづにもらった青菜握りを懐に河岸道から黒江町に向った。

深川界隈は縦横に堀が通じ、人や物を流通させ、時に塵芥《ちりあくた》までをも大川へと流す役目を果たしていた。

小籐次はそんな堀に架けられた富岡橋を渡り、黒江町に店を構える根岸屋に顔を出した。

「おおっ、来なすったね」

根岸屋では近くの寺から襖《ふすま》の張替えを頼まれたとかで、職人五、六人がねじり鉢巻で仕事をしていた。

「ちょうど昼時だ。赤目様、うちで飯を食っていかねえか」

安兵衛が言った。

「親方、わしは弁当持参でな」

「なにっ、赤目様に弁当をこさえる女がおられましたか」

「そんな話ではござらぬ。野菜売りの姉様のおっ母さんがわしにと作ってくれた握り飯にござるよ」

「ならば、そいつは夜に回しなせえ」

「それは構わぬが、急に一人増えてよいか」

「職人と家族十何人の大所帯だ。一人増えるくらいなんでもねえよ。だが、賄飯だ、お膳なんぞはないよ」

と笑った親方が、

「区切りがついたら飯にするぞ」

と命じると、さっさと仕事場が片付けられ、板の間に大鍋が運ばれてきて、味噌の香りが漂った。

「深川界隈の漁師が食べているぶっかけ飯だよ。おまんまの上に浅蜊《あさり》の汁をぶっかけて食べるだけの、ざっかけねえ食い物だ。これが大勢で食うと不思議と美味《うま》いんだよ」

小籐次が見ている間に、大丼の大根の古漬けが、開けられた板の間の真ん中にいくつも出され、丼に飯が盛られて浅蜊汁がかけられ、青葱《ねぎ》が散らされた。

「赤目様、こいつは温かいうちにかき食らうのが一番美味いんだ」

と安兵衛が手本を見せるように古漬けを丼に載せると、

ふうふう

と浅蜊丼に息を吹きかけ、啜《すす》りこんだ。

「これは美味そうな」

小籐次も真似て、

「これは絶品かな」

と嘆息した。

浅蜊の剝《む》き身と味噌汁のたれがなんとも絶妙で炊き立てのご飯とよく調和して

いた。それにばりばりと大根の古漬けを食べていると、なんとも爽快な気分になった。

「さすがに漁師だな。うまいことと工夫なされた」

小籐次は職人たちと競うように食し、満足した。

「どうです、お代わりは」

「親方、わしは年も年、なりもなりだ。丼飯を二杯食べる時期は過ぎ申した。なんとも馳走であった」

小籐次は合掌《がっしょう》して感謝したが、職人たちは二杯三杯と浅蜊丼をお代わりして最後には汁だけをすする職人もいた。

「親方、馳走になった」

「なあにこんな飯でよかったら、いつでも立ち寄ってくんな」

と言うと、安兵衛親方が紙包みを小籐次に差し出した。

「赤目様、仕事を急がせてすまねえ。夜明かし代に一分入れてありますさあ」

「手間賃にしては多いな」

「だから夜明かし代と言いましたぜ。昨今、油代も馬鹿にならねえや」

「ご親切、頂戴致す」

小籐次が根岸屋の店から出ようとすると、大鍋が片付けられ、再び作業場に模様替えされて仕事が始まった。

小籐次は寺裏の越後屋の家作に駿太郎の様子を見にいくことにした。およその見当は付いたが、夕暮れに初めての長屋を訪ね当てるのは難儀と思ってのことだ。

小籐次は富岡橋から深川平野町を抜けて、海福寺を中心にした寺町へと抜けようとした。すると、子供の声が心行寺の境内《けいだい》から響いてきた。

小籐次は子供の声に引かれて寺の境内に入り込んだ。

本堂裏の森から、その声は響いていた。

小籐次は本堂に破れ笠の頭を下げて、脇へ回り込んだ。

墓場が見えた。その奥が雑木林に繋がり、林から捨吉の声で、

「野郎ども、かかってきやがれ。おれ様は江戸にその名を轟《とどろ》かす義賊の鼠小僧の捨吉だ」

と啖呵が聞こえた。

棒切れを振り回して捕り物の真似事の真っ最中だ。捨吉の背には現老中にして丹波篠山藩主の血筋の駿太郎が背負われていた。

小籐次が本堂の裏手に回り込もうとすると、墓場に二人の武家が立ち、じいっ

と捨吉を、いや、その背におぶわれた駿太郎を窺っていた。

相手は小籐次に気付いていなかった。

「そなたら、赤子に用事か」

ぎくり
とした二人が小籐次を見た。

「昨日からそれがしの子の周りをうろついておるな。用事なれば、養父のそれがしに素直に話すのが先と思えるがな」

二人は答える様子はない。

「そなたら、丹波篠山藩五万石青山下野守《しもつけのかみ》忠裕様の家臣、小出家の者じゃな」

深編笠の二人が驚きに身を凍らせた。

「その方、なぜそれを知るや」

一人が驚きをその声に残したまま訊いた。

「だから、素直に名乗って用件を申さぬか」

二人の深編笠が動き、笠の下の目で会話を素早く交わした。

「その方、なぜあの子を養うておる」

「父親の須藤平八郎どのがそれがしを殺す仕事を引き受けたと思え。とある商人の屋敷でそれがしと須藤どのは雌雄《しゆう》を決した。その折、須藤どのは万々一おのれが負けたときは、この赤目小籐次に赤子を育ててくれと言い残されたのだ」

「そなたが勝ちを得たと」

「駿太郎を育てる羽目になったのだ。そう考えてくれてよい」

「須藤平八郎はこの世の者ではないと言い切れるか」

「赤目小籐次、虚言は弄《ろう》さぬ」

「相分った。屋敷に立ち戻り、相談してそなたの長屋を訪ねる」

「それがしの長屋を承知か」

「芝口新町の新兵衛長屋だな」

「手回しよくも調べたな」

二人が小籐次の傍らをすり抜けて本堂の方角に歩きかけた。

「小出お英どのは生きておいでか」

二人の背に小籐次の問いが投げられた。

その瞬間、二人の足が止まり、一人の深編笠が、
くるり
と反転し、同時に刀を抜き放つと、するすると小籐次に迫ってきた。

なかなかの腕前だ。だが、道場剣法だ。

小籐次は懐に手を入れると、うづがくれた竹皮包みの青菜握りを摑み、
発止《はっし》！

と迫りくる相手の鼻先に投げうった。

うっ
と立ち竦む相手に、

「御鑓拝借の赤目小籐次と承知で襲うなれば、命を覚悟して参れ」

と今度は鋭い舌鋒《ぜっぽう》を投げた。すると、もう一人の相手が、

「雪之丞《ゆきのじょう》様、ここは立ち退《の》きますぞ」

と立ち竦む雪之丞と呼ばれた男の袖を引き、本堂前へと足早に消えた。

二

小籐次は寺と寺の間の路地を抜けて寺裏に出た。小舟を繫いだ蛤町の裏河岸はすぐそこだ。

二人の武家が姿を消した後、駿太郎をおぶい、遊びに興じる捨吉に、

「駿太郎の世話をよくみておるか」

「お侍、心配しなくても大丈夫だよ。おれだっておしめくらい替えられるしよ。腹が減ったら姉ちゃんの長屋に駆け込まあ」

と答えた捨吉が、

「姉ちゃんの長屋はさ、海福寺裏の船溜まり近くでよ、越後屋の家作の職人長屋だ。なんか用事のときはあの近辺で聞くとすぐに分るさ」

と海福寺の方角を指して教えた。

「これから門前町の料理茶屋に一稼ぎ行って参る。いつもの裏河岸の船着場に七つ過ぎに戻ってきてから受け取りに行くがよいか」

「合点承知だ」

と答えた捨吉は短い木片を匕首《あいくち》に見立て、逆手に構えて、

「ほらほらほら、鼠小僧捨吉様の登場だ。かかってきやがれ!」

と悪童相手に遊びを再開した。

船着場に下りようとすると、竹藪蕎麦の美造親方が、

「赤目様よ、うちの前を避けなさったか。うちでも研ぎに出したい包丁があるんだがな」

と待ち受けていた。

「それに舟にもだいぶ近所のかみさん連が錆くれ包丁を投げ込んでいたぜ」

うーむ
と唸った小籐次は、

「となると、歌仙楼にいくのは明日かのう」

「それはそうだ。目の前の客が先に決まっていまさあ」

「親方、お店に参り、道具を預かろう」

美造親方は小籐次を伴い、店に戻ると大声で、

「研ぎに出す包丁を持ってきな」

と蕎麦切り用の包丁を集めさせた。

親方や職人が使う包丁が、五、六丁たちまち集まった。

「持ち帰りが出るやもしれぬな」

と小籐次は包丁を前掛けに包んで両腕に抱き、小舟に戻った。

小舟には出刃包丁、菜切り包丁が四本転がっていた。

「ちと性根《しょうね》を入れぬと大変じゃぞ」

独り言を呟いた小籐次は、まず蛤町界隈のおかみさん連の包丁から研ぎにかか

った。

竹藪蕎麦も万作親方の所もそうだが、職人は何本か普段使いと予備の道具を備えていた。

一方、長屋の住人はどこも菜切り一本、出刃一本で家事をこなしていた。夕餉の仕度までになんとか研ぎ上げないとならない道具だ。

小籐次は柄にがたがきた出刃包丁と菜切り包丁を一気に研ぎ上げ、柄もしっかりとがたつかないように締め直した。すると、一人ふたりとおかみさん方が小籐次の舟を訪ねて、

「研ぎ上がっているかえ。ほう、しっかりと締め直されたよ」

「昼からはうづちゃんがいなくて寂しいね」

などと言いながら、研ぎ代の四十文を払ってくれた。

小籐次は日暮れと競争をするように竹藪蕎麦の道具を研いだ。素人の包丁と違い、職人の使う道具はそれぞれ癖があった。その癖を見抜いて研ぎ上げないと使い勝手が悪くなり、文句も出る。三本の蕎麦切り包丁を研ぎ上げたとき、

「赤目様」

というおさとの声を聞いた。

蛤町裏河岸一帯に夕暮れが訪れようとしていた。

西の空が茜色《あかねいろ》に染まり、堀の水面を染めていた。

「おおっ、もうこんな刻限か。駿太郎を受け取りに参ると約束しながら、申し訳ない」

と小籐次は小舟の中を片付けて、藁籠に駿太郎を寝かせる用意をした。

「駿ちゃんは利口な赤ちゃんですね。捨吉におぶわれて一日寺の境内でご機嫌で遊んでいました。ときにおっぱいを与えるだけで手がかかりません」

と言ったおさとが、

「うちの娘と一緒に日中湯浴みをさせておきました。それと、これは私のおっぱいを一度湯煎《ゆせん》してございます」

と重湯が入っていた竹筒を差し出した。

「おさとどの、それは助かる」

竹筒を受け取ると、まだ竹の器に湯煎の温《ぬく》もりが残っていた。

「それ駿太郎、参れ」

最後に駿太郎を受け取って藁籠に寝かせ、ねんねこで包んだ。

「おさとどの、ほんとうに助かったぞ。仕事ができたでな」

微笑《ほほえ》むおさとに、

「手渡しで悪いが、昨日と今日の子守り賃じゃ」

「昨日はなにもしていません。本日の子守り賃だけで十分です」

「まあ、そう申すな。大いに助かったのだ」

小籐次は二百文をおさとに手渡した。

「赤目様、こんなに頂いてよいのでしょうか」

「懐具合が悪いときはそう申すでな」

「助かります。外働きの職人は照り降りに左右されますから」

「亭主は大工であったな」

「はい。私ども三人だけなら十分な稼ぎですが、お父っぁん、おっ母さんの世話もありますから」

「捨吉が早く一人前の稼ぎ人になるとよいのだがな」

「なりが小さいことをいいことに、奉公より近所の子を集めて遊んでばかりいます」

「寺の境内で飛び回っているところを見た。それでもちゃんと駿太郎をおぶって面倒を見ていたぞ」

茜色の空が急に濁り、辺りが暗くなった。

「おさとの、この三本の包丁を竹藪蕎麦に届けてくれぬか。残りの研ぎ残しは明朝届けると親方に言付けしてくれ」

「確かに届けます」

「蕎麦切り包丁ゆえ重いぞ、気をつけてな」

小籐次は古布に包んでおさとに渡した。

「赤目様、明日も深川で仕事しますね」

「駿太郎を頼む」

頷き返したおさとが船着場に駒下駄の音を響かせて河岸道に上がっていった。

小籐次は舫い綱を解くと、

「駿太郎、芝口新町に戻るぞ」

船着場の杭を押した。

竿を使うことなく櫓に持ち替えた。

深川界隈の堀伝いに富吉町と北川町を結ぶ福島橋から巽《たつみ》橋を潜《くぐ》ると、大川河口はちゃぷんちゃぷんと波頭が立ち、相川町の岸に波が打ち付けていた。

「駿太郎、ちと水飛沫《みずしぶき》が跳ねるかもしれんぞ」

小籐次は藁籠のねんねこで駿太郎の体を今一度よく包み直し、座り漕ぎから立ち上がって大川河口を乗り切ることにした。

小籐次は四半刻（三十分）以上も波と戦った。

駿太郎は揺れる小舟も平然として泣き声一つ上げることなく、小舟は浜御殿脇を流れる築地川へと入っていった。

新兵衛長屋の堀留に小舟を舫ったとき、暮れ六つ（午後六時）を大きく過ぎていた。

まず駿太郎を寝かせた藁籠を長屋の敷地に持ち上げていると、勝五郎が、

「今帰りかえ、ご苦労さん」

と厠から顔を出した。

「そうだ、難波橋の手先の銀太郎さんがさ、赤目の旦那が戻ったらうちにお出で願えないかと言い残していったぜ。夕餉は取らずにこいとさ」

「夕餉を取らずにこいとは、馳走をしてくれるということかのう」

懐には潰《つぶ》れた青菜握りがあった。

雪之丞なる武家の鼻っ柱に叩きつけたせいで、うづの母親が作った握りは変形していた。夕餉にはそれを雑炊にして食べようと考えていた。

「御用聞きから夕餉の招きとは、有難いのか有難くないのか」

勝五郎が言うと、

「桶をもらおう」

と小舟から砥石の入った桶を受け取った。

小籐次は一旦長屋に桶を運び、駿太郎をおぶって徒歩で難波橋までいくことにした。籠から背におぶい直された駿太郎がむずかったが、

「よしよし、泣くでないぞ」

とねんねこの上から叩くと、機嫌を直した。

手におしめの替えと湯煎をしたおっぱいの入った竹筒を入れた風呂敷を提げて、勝五郎に、

「行って参る」

と声をかけると、

「赤目の旦那、段々と板についてきたね」

と勝五郎は感心した。

「ご免」

と訪《おとな》いを告げると、難波橋の親分の家の台所からかすかに魚の煮付けの匂いが漂ってきた。

くんくん
と嗅いでいると秀次自身が出てきて、

「煮炊きする匂いに惹かれるところを見ると、まだ飯前のようですな」

と言った。

「昼餉はお客の経師屋で浅蜊丼を馳走になった。夕餉には親分の家に招かれたで、今日は二度も他人様《ひとさま》の家で馳走に与《あずか》ることになりそうだ」

「馳走というほどのものも出ねえがねえ。忙しい赤目様と話すには、そのほうがよかろうと思っただけでさあ」

と答えた秀次が、

「背の子が須藤駿太郎様ですかえ」

と念を押した。

「いかにも。親分、すまぬが駿太郎を抱き取ってくれぬか」

ねんねこを脱ぎ、おぶい紐を解くと秀次が、

「ほらよ」

と受け取った。そして、

「おっ母、うちに赤子のご入来だ」

と奥に向って叫んだ。すると、手を前掛けで拭きながら、秀次の女房のおみねが、

「いきなり赤目様にお子ができるなんて、どんな風の吹き回しだろうね」

「おかみさん、風の吹き回しでは子はできぬぞ」

と小籐次が苦笑いした。

おみねが抱き取り、

「しばらく預かっていてくんな」

と秀次が頼んだ。

「おかみさん、相すまぬ。これがおしめの替えでな、こちらの竹筒には深川の子をなしたばかりの母親の乳が湯煎して入っておる。むずかるようなれば、おっぱいを飲ませてくれぬか」

「まるで赤目様が父親ですね」

笑いながらおみねが台所に駿太郎を連れていった。すると、手先の銀太郎らが、

「ほんとに赤子が来たよ」

「赤目様がお父つぁんだと」

などと言い合う声が聞こえてきた。

秀次は小籐次を居間に連れていった。

長火鉢の五徳《ごとく》の上にはしゅんしゅんと音を立てた鉄瓶《てつびん》がかかり、酒の仕度も整っていた。

「飯は話が済んだあとでようございましょう」

まずは一杯と秀次が燗酒を盃に注いでくれた。小籐次も注ぎ返し、

「造作をかける」

「この一件は御鑓拝借と繋がりがある話だ。となれば、わっしらも手を拱《こまね》いているわけにもいきませんや」

と秀次が言った。

「今朝方、観右衛門さんから駿太郎の母親とされる小出お英どのが実在の女性《にょしょう》で、丹波篠山五万石、老中職の藩主青山家につながる筋目の家系と聞いた」

「へえっ、そのことなんで」

「やはり真実《まこと》かな」

「本当の話にございました。先代以来、わっしの家は青山様の屋敷に出入りがご

ざいましてね、年寄の佐々木赤右衛門様とはまあ長年の付き合いだ。この佐々木様、西御丸下の上屋敷勤めも長うございまして、青山家の生き字引なんぞと呼ばれた方です。この方に小出様のことをお訊きしますと、秀次、なぜわが筋目の家系のことに関心を持つなと反対に訊き返されました」

「当然であろうな」

と小籐次は答えながら、老中青山忠裕の密偵おしんと中田新八の顔を思い浮かべていた。甲府勤番の不正の探索で相手方の手に落ちた新八の身柄をおしんと小籐次で助け出し、騒ぎを解決した間柄だ（酔いどれ小籐次第三巻『寄残花恋《のこりはなよするこい》』）。

だが、今度の一件は、篠山藩そのものの内情に関わること、さらに小籐次にも全容は摑み切れていない。ここは新八とおしんの二人を巻き込むのは早計であろうと判断した。

「わっしは佐々木様なれば腹を割るのが互いのためと咄嗟《とっさ》に判断し、赤目様にお断わりもせずに経緯を話しました。いえ、赤目様の名を出したわけではございません」

「……………。難波橋、その方とは長い付き合いだ。そなたが正直に話してくれたと信ずる。厄介《やっかい》なことを持ち込んでくれたな」

「厄介な話でございますか」

ふうっ
と佐々木赤右衛門が溜息を吐《つ》いた。

「この話、藩内では有名な話でな、だれもが承知のことだ。だが、おおっぴらに話すわけにもいくまい。百十三石の馬廻りが藩主のご家門の血筋の女子とねんごろになり、孕《はら》ませたのだぞ。このような話は直ぐに広がる。むろん小出家では必死に秘匿《ひとく》なされようとしたようだが、秘匿すればするほど噂《うわさ》は尾ひれがついて広がるものよ。それがしの話もその類《たぐい》の風聞と承知して聞いてくれ」

佐々木の念押しに秀次が頷き、問い返した。

「小出お英様とはおいくつの方ですな」

「当年とって二十二歳になられると聞いた。ちと年増じゃが聡明なこと、また美形なこと、篠山城下では小出屋敷のある鍵屋小路をとって、鍵屋小町と呼ばれておったそうな」

「馬廻りの須藤平八郎様とは昔からの知り合いであったのでございましょうかな」

「須藤はそれがしもちらと存じておるが、江戸勤番が長いゆえ、篠山育ちのお英様とは面識はなかったろう。ゆえに、二年半前のご用人吉原様の国表巡察に篠山に戻った折に知り合うたのであろう。風聞では茶会で会ったとか、墓参りとか諸々《もろもろ》説があるが、身分違いゆえ、それものう。ともかく須藤も美男、お英様も美形、男と女の仲になったで、お英様の腹《ふく》が脹れたのであろう。篠山城下で二人の仲が噂に上ったのは、お英様の懐妊がはっきりと分るようになってのことだ。相手はだれか、すぐに詮索《せんさく》する話が流れ、小出家ではお英様を城下から別の場所に移されて、幽閉された。その直後に須藤平八郎が脱藩し、姿を消した。その時点でだれもお英様の相手を須藤と結びつけるものはいなかったそうな。お英様は小出家の幽閉先で子を生んだらしい。小出家としては子をどこかに里子に出し、この一件、隠し果《おお》せると思うたのだろう。だが、鍵屋小町が子を生んだという話は篠山城下に密かに、静かに広がっておってな。小出家の頰被りも最初からうまくいくはずもなかったことだ」

佐々木はまた一つ溜息を吐いた。

「難波橋、小出家は筋目とはいえ、ただ今相談役という閑職にある。それはな、明和八年（一七七一）の騒ぎに関わって小出家の力は凋落《ちょうらく》したのだ」

「明和八年の騒ぎとは、またなんでございますな」

「青山忠高《ただたか》様は学芸を好まれて、藩校振徳堂《しんとくどう》を開設なされ、子弟の教育に大層熱心なお方であった。ところが、この費用を得るために領民が出稼ぎで得た金子《きんす》に税を課したことから領民が反抗するようになったのだ」

篠山藩は元々稲作以外にみるべき産業がなく、気候も厳しく単作地であった。そこで冬場百日の間、酒造地の池田、伏見、灘《なだ》五郷に出稼ぎに出る者が多かった。

「明和八年、凶作に見舞われたにも拘《かか》わらず出稼銀の上に別名目で税を課したために篠山藩領全域で一揆《いっき》が起こったのだ。厳しい税を発案したのが、小出家の先祖の家老貞恒《さだつね》様でな。このために貞恒様は一揆の責めを負って切腹、筋目の小出家はなんとか存続したが、家老職から相談役という無役に退かれた。あれから四十七年、小出家の悲願は篠山藩の中枢部に返り咲くことなのだ。ために、眉目秀麗なお英様は小出家にとって、最後の望みといえるものだった」

「お英様はどなたかと婚儀が整っていたのでございますか」

「婚儀ではない。小出家では江戸に連れて参り、藩主青山忠裕様のご側室に差し出そうと考えられていた節がある。それをあっさりとだれぞが孕ましたのだ」

「その相手が須藤平八郎様と知れたのはいつのことですな」

「赤子を里子に出そうと画策なされていた折、何者かがお英様の許から赤子を盗み出す騒ぎが発生した」

「須藤平八郎様とお英様は当然のことながら、申し合わせて駿太郎様を連れ出したのでしょうな」

「篠山城下にお英様の相手は馬廻り役須藤平八郎という噂が流れたのは、その直後らしい」

「此度《こたび》の騒ぎ、青山忠裕様はどのようにお考えでございましょうな」

「それがし、下屋敷に引いたで、殿のお考えまでは察することはできぬ。だが、殿は十八歳で家督をお継ぎになって以来、藩務に精励なされた。生来聡明なお方ゆえそれが幕閣に知られ、奏者番《そうしゃばん》、大坂城代、所司代と昇進なされ、ついには老中職に昇り詰められたお方だ。殿が小出家の考えを承知かどうか」

「さりながら、そのような話が出るには忠裕様の周りに推し進める人物がいるということでございましょう」

「江戸家老の引田篤右衛門様辺りかのう。とすると、その引田様周辺は当然のことながら、小出家の醜聞としてすべてを終わらせたいであろうな」

「お英様はただ今も篠山におられるのですか」

「篠山じゅうに馬廻り役と筋目のお姫様の仲が知れ渡ったのだ。いるわけにはいくまい。小出家では京の尼寺に身柄を預けられたと聞いたことがある。それがしの知るところはそんなものだ」

と答えた佐々木赤右衛門が、また一つ溜息を吐いた。

三

小籐次は駿太郎をおぶい、しっかりとねんねこに包みこんで、蔵地と町屋の間の道を東に向い、芝口橋を横目に東海道を突っ切った。

橋向こうには紙問屋の久慈屋が角地に大きな店構えを見せていたが、当然、表戸は閉じられていた。

刻限は五つ半(午後九時)の頃合か。

東海道はさすがに提灯をつけた駕籠が往来し、奉公人らしき男が懐をしっかりと押さえてお店に戻る姿や、建前の酒に酔ったか、職人衆が肩を揺らして歩くのが見られた。だが、芝口新町と蔵地の間の道に差し掛かると、人影は急に消え、海から堀伝いに吹き上げる冷たい風が小籐次の頬を撫《な》でた。

難波橋で二合ほど酒を馳走になり、夕餉に箸をつけた。

「酔いどれ小籐次様の晩酌とも思えませぬな。久慈屋様とはいきますまいが、酒くらいうちにもございますぜ」

秀次が早々に盃を伏せた小籐次に笑いかけた。

「馬鹿飲みは当分止めだ。小出家の考えが分らぬ以上、用心に越したことはないからな」

「尤《もっと》もにございます」

「親分、およそのところ、親分の話と今朝の観右衛門どのの話と合わせ、相分った」

「どうなさいますな」

「どうなさるもなにも、相手様次第じゃな」

「そのうち、赤目様のところに小出家から連絡《つなぎ》がございますかな」

「ある。間違いなくな」

小籐次は日中の蛤町の心行寺の境内で出会った二人の武家との経緯を秀次に告げた。

「なんと、すでに赤目様は相手方と会われた」

「あの者たち、須藤平八郎の死を知らぬ様子であった。それだけに、わしが養う赤子が小出お英が生んだ子と確証つかぬ様子で眺めていたのだと思う」

「赤目様との話で小出家ははっきりと悟ったことになりますな」

「いかにも」

「赤目様は小出家の出方を考えておいでなので」

「どのような挨拶があるか。面倒を避けるために、わしははっきりと御鑓拝借の赤目小籐次と名乗ったゆえ、馬鹿なことはすまいとは思う」

「へえっ」

と答えた秀次が、

「佐々木様ももう少し小出家の内情を探ると申されておりました。わっしとは密に連絡《つなぎ》を取り合い、第一に篠山藩の、次いで小出家の不為《ふため》にならぬように動くことで考えが一致しました。その場で佐々木様から赤目様にくれぐれもご自重《じちょう》のほどお願いしたい旨《むね》の要望がございました」

と秀次が言った。

「親分、わしから仕掛けることはない。だが、降りかかる火の粉《こ》だけは払わねばなるまい」

「赤目小籐次様の名は江都に知れ渡っていまさあ。小出家も無謀なことはなされますまい」

秀次の言葉に頷きながらも小籐次は、

「雪之丞」

と呼びかけられた若侍の行動をちらりと気にした。

新兵衛長屋への路地口に近づいたとき、屋敷の庭木から葉を落とした風が、
ぴゅうっ
と小籐次と駿太郎に襲いかかった。

ほろ酔いの小籐次もねんねこの綿入れの襟に顔を埋《うず》めたくなるような寒風だった。風が吹き抜けた後に暗がりから人影が姿を見せた。

羽織袴《はかま》、風体からして明らかに屋敷奉公の面々だ。
七、八人の侍の後から深編笠の雪之丞が姿を現した。
「鼻はどうだな」

握り飯を投げつけられた鼻のことを訊いた。

「下郎《げろう》め、図に乗りおって」

雪之丞が吐き捨てた。

「口上を聞こう」

雪之丞に尋ねながら蔵の壁を背にする位置に移動した小籐次は、提げていた風呂敷包みを足元に落とし、さらにねんねこの前紐を片手で解いた。

雪之丞の他の面々が小籐次を半円に囲んで陣形を整えた。

「そなた、この赤目小籐次を相手に闘争を仕掛けるつもりか。騒ぎを大きくするばかりじゃぞ。次に会う折は、小出家の意向をそれがしに持参する約定であったはずだな」

雪之丞は答えない。

囲んだ面々の一人が剣を抜いた。すると、仲間が一斉《いっせい》にそれに倣《なら》った。

雪之丞だけが剣の柄《つか》に手を掛けただけで半円の外に出た。

芝口新町の路地に音を立てて寒風が吹き抜けた。

「駿太郎、ちと背からおりよ」

ねんねこを脱ぎ捨てた小籐次は綿入れを蔵の壁下に投げ、おぶい紐を解いた。

ずるり
と駿太郎が小籐次の背を滑った。それを片手で受け止め、片膝を突いて綿入れの上に寝かせた。その間も小籐次の両眼は相手方の動きを牽制《けんせい》して、外されることはない。

駿太郎を寝かせて小籐次は身軽になった。

片膝を突いたまま相手方を見回した。

侍たちは道場稽古ではそれなりの腕前と知れた。だが、真剣勝負の経験がないと見えて、生死を懸けた戦いの、

「非情」

を知らなかった。

刺客なれば当然、駿太郎をおぶった小籐次を襲うべきであった。駿太郎を下ろす時を小籐次に与えてしまった。

小籐次は備中《びっちゅう》の刀鍛冶次直《つぐなお》が鍛造した一剣を抜きながら立ち上がり、峰に返した。

「存分に参れ、命は取らぬ」

小籐次の誘いかけに最初に剣を抜いた侍が、

「増長しおって」

と吐き捨て、八双《はっそう》に構えた。仲間たちもそれぞれ得意の構えをとった。

小籐次は自ら半円の中に入りながら、

「来島水軍流序の舞をご覧に入れようか」

と言いつつ、峰に返した次直を正眼から下段に落とし、わざと隙を作り、誘いをかけた。

正面の八双の侍が仕掛けに乗じて踏み込んできた。

わああっ
と駿太郎が泣き出し、小籐次が八双の振り下ろしを凝視しながら峰に返した次直を相手の胴へと振るった。

びしり
と決まった胴への峰打ちに相手の体が横手に吹っ飛んで倒れた。

次の瞬間、旋風のように右手に飛び、立ち竦む相手方の肩、小手、太股《ふともも》と手当たり次第に打っていった。打たれた相手は鞭《むち》のようにしなる打撃に、その場に呻き転がった。

一瞬の間に五人の相手が新兵衛長屋の路地口に崩れ落ちていた。

残るは雪之丞と三人の仲間だ。

「どうするな」

剣を構えた三人は小籐次のあまりにも迅速な剣遣いに圧倒され、すでに腰が引けていた。

「赤子も眠いと泣いておる。座興《ざきょう》はこれぐらいに致せ、雪之丞」

小籐次は峰を刃に返し、鞘《さや》に、
ぱちり
と音を響かせて納めた。

「今晩のことは忘れる。雪之丞、小出家の意向を正面から持ち来よ。それに応えぬ赤目小籐次ではない」

小籐次の峰打ちに倒された五人がよろよろと立ち上がり、仲間の手を借りて東海道の方角へと退いていった。最後に残った雪之丞がなにかを言いかけた。そのとき、木戸口に女の影が立ち、

「赤目様、駿太郎ちゃん」

と呼びかけた。

お麻だ。

駿太郎の泣き声に様子を見にきたようだ。

いつの間にか寒風は吹き止んでいた。

雪之丞が踵《きびす》を返すと、仲間を追って姿を消した。

「赤目様、お怪我は」

「怪我を負う相手ではないわ」

お麻がねんねこごと駿太郎を抱き上げ、

「体が冷え切っております。うちでは桂三郎が夜鍋仕事をしておりますから、体を温めて下さい。このまま寝かせても眠れませんよ」

と言った。

「よいのか、夜中に造作をかけて」

「赤目様、長屋暮らしは相身互いでしたね」

「おおっ、そうであったな。ならば暫時《ざんじ》お邪魔する」


翌朝も小籐次は駿太郎を小舟に乗せて大川を渡り、深川蛤町に向った。

季節は明らかに冬の様相を見せ始めていた。江戸の内海と大川の流れがぶつかる辺りでは三角の波が立ち、それがいかにも寒そうに見えた。


昨夜、差配の新兵衛の家に半刻ほど邪魔をした。

新兵衛は奥の座敷で高鼾《たかいびき》を立てて眠り込んでいた。久慈屋の家作を四軒差配する新兵衛の家は畳の間が三部屋あり、その他に広めの板の間があった。

居職の桂三郎はその一角を仕事場に改装して、行灯《あんどん》の灯りで簪《かんざし》を拵《こしら》えていた。腕がよい職人と見えて、婚礼の道具を頼まれたという。

「赤目様はなにかと大変でございますね」

とお麻がまず駿太郎に重湯を作って飲ませ、体を温めると、小籐次と亭主にお茶を淹《い》れてくれた。

「まさか長屋の木戸口で斬り合いがあったなんて考えもしませんでした。お麻が赤ちゃんの泣き声がすると言ったんですが、風音に混じって私にはよく聞き取れなかったんです」

と桂三郎がすまなそうに言った。

「斬り合いと申してもな、相手は竹刀《しない》を道場で振り回すだけの畳水練《たたみすいれん》だ。汗もかかぬわ」

駿太郎はお腹が満足し、体が温まって再び眠りについた。そこでねんねこにくるんで長屋に戻って、冷たい夜具に潜りこむと駿太郎を抱いて眠った。

難波橋の親分を訪ねたこととこの騒ぎで、竹藪蕎麦の道具を研ぐ間がなかった。

とうづが百姓舟に積んできた野菜を並べながら、声をかけてきた。

「あら、早いわね」

「昨夜、ちと忙しゅうて、夜鍋ができんかった。朝の間、竹藪蕎麦の残り仕事を片付けて歌仙楼に回る」

小籐次は舟の中で器用にも駿太郎を背におぶい、ねんねこと風呂敷包みを手に、

「駿太郎をおさとどのの長屋に預けて参る」

「赤目様、長屋を承知なの」

「昨日、捨吉に聞いたでおよその見当は付いておる。船溜まり近くの職人長屋じゃそうな」

「そうそう、長屋の木戸口に、職人仕事なんでも承《うけたまわ》りますと書いた板っきれが下げられているから直ぐ分るわ。おさとちゃんの長屋は木戸の右側の一番奥よ」

「承知した」

小籐次は引き物の風車や竹とんぼや竹笛を懐に入れ、船着場に上がった。

寺裏の河岸道を仙台堀に向うと、蛤町北端に船溜まりがあって、猪牙舟《ちょきぶね》や荷足り船が止まっていた。

小籐次が船溜まりの北側へと回ると路地が見え、突き当たりは海福寺の土塀だ

った。

路地の中ほどに長屋の木戸口があって、

「職人仕事なんでも承ります」

と金釘流《かなくぎりゅう》の字の札が確かにかかっていた。越後屋の家作が職人長屋と呼ばれる理由だろう。

どぶ板を踏んで長屋の奥に進むと、井戸端に女たちが集《つど》い、朝餉の後片付けをしていたが、その中の一人が立ち上がり、

「赤目様、遅くなって御免なさい」

と詫びた。

赤子をおぶったおさとだった。

「わしが早かったのだ。それにこちらの長屋も知っておらぬとな、なにかと困ると思うて訪ねた」

おさとが風呂敷包みを受け取り、小籐次はねんねこを脱いだ。

「おさとちゃん、お侍の赤ん坊は私がもらうよ」

と井戸端から姉さん株の女衆が立ち上がり、濡れた手を前掛けでごしごしと拭った。

「お侍、こっちに貸しな」

「頼もう」

小籐次は背を女に向けて駿太郎のおぶい紐を解いた。

「本日は昼過ぎより富岡八幡宮《とみがおかはちまんぐう》門前町の料理茶屋歌仙楼の裏口で仕事を致す。舟は富岡八幡宮の船着場に繋ぐゆえ、駿太郎はこちらに迎えに参る。それでよいかな、おさとどの」

「待っています」

身軽になった小籐次は、

「おお、そうだ。忘れるところであったわ」

と懐から引き物の竹細工を出して、

「子供騙しの竹細工じゃが、置いていこう」

と駿太郎を抱き取ってくれた女の手に渡した。

「お侍がこさえたのかい」

「研ぎ仕事を知ってもらうために、このようなものを作り、配っておる」

「驚いたねえ。縁日の竹細工よりできがいいよ。お侍、今いる長屋を追い出されたらさ、ここに引っ越してきな。うちは左官、大工、石工、瓦、傘張りに提灯の張替えと職人ばかりの長屋だ。互いに助け合って仕事を回し合ってるからさ、旦那も食いっぱぐれはないよ」

「その節は頼もう」

小籐次は急いで蛤町の裏河岸に戻った。すると、竹藪蕎麦の美造親方が船着場に突っ立ち、

「赤目様を朝の内に捕まえておかねえと、直ぐによそに持って行かれるからね」

と何本か別の蕎麦切り包丁を差し出した。

「昨夜の分も残っておるで、今朝は大車輪で仕事を致そう」

小籐次は小舟の中を研ぎ場に模様替えし、蕎麦切り包丁の研ぎ仕事にひたすら熱中した。そのせいで四つ（午前十時）過ぎにはなんとか研ぎ終えた。

「うづどの、竹藪蕎麦に届けて参る」

小籐次は船着場の細い板を弾むように走って河岸道に上がり、竹藪蕎麦へ向った。刻限が刻限だ。まだ蕎麦屋は店開きしておらず、仕込みの時間だった。

「親方、お待たせ申したな」

額に汗を光らせて蕎麦を打っていた美造が、

「赤目様、急がせたな。一服していかねえか」

と誘った。

「それより富岡八幡の得意先に回る」

「ならば、研ぎ代をうちのおっ母から受け取ってくんな」

「この次に致そう」

小籐次は挨拶もそこそこに竹藪蕎麦を飛び出した。するとおかみさんが、

「赤目様ったら、急に仕事に精を出すようになったね。やっぱり赤子を育てようと決心したせいかねえ」

と台所の奥から見送った。


久しぶりに訪ねた歌仙楼の女将《おかみ》おさきから小籐次はさんざん嫌味を言われた。

「赤目の旦那、いくらうづちゃんと舟を並べて仕事ができるからって、蛤町の裏河岸ばっかりにへばりつくこともあるまい。偶《たま》にはうちに顔を出して仕事をするのが、馴染みへの付き合いというもんじゃないかえ」

「いかにもさようでござる」

「ござるじゃないよ。それに噂によると、旦那は赤ん坊をおぶって仕事に回っているというが、その赤子はどうしたね」

「いや、蛤町の船溜まりの長屋に住むおかみさんが預かって面倒をみてくれておるのだ」

「赤目様、うちにだって女手はありますよ。赤子の一人や二人面倒みられないわけじゃないよ」

「いかにもさようでござる。さりながらこちらはお客商売、おむつの臭《にお》いをさせる赤子を預けるわけには参らぬ」

と答えた小籐次は、

「女将さん、本日は詫びの印に無料にて刃物を研ぐで勘弁して下され」

と言うと、裏口に研ぎ場を設えた。

昼餉を歌仙楼で馳走になり、夕暮れ前までびっしりと仕事を続けたお蔭でなんとか当面の道具は研ぎ終えた。

「赤目様、明日一日分あるからね。朝から頼むよ」

とおさきに釘を刺され、

「承知した」

と請け負った小籐次は急いで小舟に戻った。

四

小籐次と駿太郎の小舟が入堀の堀留に接岸したとき、久慈屋の小僧の国三が新兵衛長屋の敷地に立って迎えた。

刻限は暮れ六つ辺りだろうが、国三が影になるほど陽が落ちるのは早くなっていた。

「国三さん、御用か」

「大番頭さんがおいでくださいと」

「駿太郎に湯浴《ゆあ》みをさせたいでな、それを終えたら駆け付けよう」

と答えると、お麻が姿を見せて、

「駿太郎ちゃんはうちで預かります」

と言い出した。

「湯浴みの仕度もしてございますし、湯煎したお乳も用意してございます。赤目様は久慈屋にお一人でお出かけください」

お麻は昨夜、子連れで襲われたことを気にしたか、そう言ってくれた。

「相身互いとは申せ、お麻さんにそう面倒をかけてはのう」

「いえ、久慈屋の大番頭さんの頼みでもございます」

とお麻一人の考えではないと答え、

「そうか、ならば」

と小舟から藁籠ごと持ち上げた駿太郎を抱き取ってもらった。

小舟から道具や桶を国三に渡し、小籐次は一旦長屋に戻ると、行灯の灯りを点《とも》して室内を見回した。格別なにがあったということではない。こんな折だ、と念を入れたのだ。

夜具にくるんだ孫六兼元《かねもと》の柄頭《つかがしら》も見えた。小籐次が財産と自慢できるのは芝神明の大宮司から頂戴した兼元一剣と、長曾禰《ながそね》虎徹《こてつ》の脇差の二口だけだ。

どこにも異変は見えなかった。

国三が運び込んだ桶や道具を所定の場に戻し、

「国三さん、ちと待ってくれ。駿太郎を引き取ってから湯屋に参る暇もないで井戸端で体を拭っていこう」

「あっ、大番頭さんの言付けを忘れてた。急ぐことはないから夕餉を食するつもりでお出で下さいだって」

「ならば国三さん、先に戻ってくれぬか。加賀湯に立ち寄り、その足で駆け付ける」

「承知しましたよ」

と国三が長屋から戻っていった。

秋から冬へ移ろう季節とはいえ、この数日、湯に浸《つ》かっていないので体じゅう気持ちが悪かった。

小籐次は手拭と糠袋《ぬかぶくろ》、下帯などの着替えを手にすると、町内の加賀湯に急ぎ向った。

「おや、赤目様、遅いご入来だね」

暖簾《のれん》を下ろそうとした湯屋の番頭が小籐次に声をかけた。

「すまぬ。手早く済ますで、湯に入らせてくれ」

「町内の衆がまだ二人ばかり入ってますよ。掃除を気にしないのなら、たっぷりと浸かりなせえ」

と湯銭を受け取った。

小籐次は脱衣場で衣服を脱ぐと、番頭に大小を預け、洗い場に踏み入った。

湯気を透して吊り行灯の灯りがかすかに洗い場を照らしていた。

小籐次はかかり湯を何杯もかけて体を二度洗いした。すると、この数日の汗と汚れが落ちたようでさっぱりした。再び湯を被り、石榴口《ざくろぐち》を潜った。

湯船に二つ頭が浮かんでいた。

一人は桂三郎で、もう一人は勝五郎だ。

「赤目様、ご苦労にございます」

「そなた方なれば駿太郎を連れてくるのであったな」

「旦那、すっかり父親《てておや》気取りだねえ」

勝五郎がからかい、

「いや、長屋でもいつ酔いどれの旦那が音《ね》を上げるかと噂が飛んでおりますがねえ、今のところ気張ってますな」

「噂の元は勝五郎どの辺りではないか」

小籐次は仕舞い湯に身を浸して、ほっとした。

「たった今、桂三郎さんから聞いたが、昨日の晩、酔いどれ様を木戸口で襲った者がいるってな。ちっとも知らなかったよ」

「襲われたというほどのものではなかったわ」

「まあな、酔いどれ小籐次を仕留めるには何千何万の大軍がいるからな」

と大仰なことを言った勝五郎が、

「そういえば今日の昼間さ、長屋に古田って侍が訪ねてきたぜ」

と湯に浮かべた顔を向けた。

古田とは赤穂藩森家の家臣古田寿三郎のことで小籐次とは御鑓拝借以来の縁であった。最初はいわば敵同士の間柄であったが、騒ぎを収束させる話し合いの相手を古田が務め、互いに信頼に足る人物と承知していた。

森家では騒ぎの後、古田寿三郎を目付に抜擢《ばってき》して、なにかあると古田が小籐次の所へ出向いてきた。

「勝五郎どの、書状かなにか残していったか」

「いや、赤目の旦那が赤子を育てていると聞いたので見にきたと言っていたがね。元気で仕事に出ていると答えたら、また立ち寄ろうと言い残して帰っていったぜ」

「そうか」

と応じた小籐次は、古田がなぜ駿太郎がいることを承知なのか、気にした。だが、いろいろと詰まらぬ憶測をしたところで意味はないと一旦、その考えを捨てた。

「桂三郎さん、いつもこのような刻限に湯か」

「いえ、急ぎ仕事がようやく先ほど終わりましたんで、お店に届けたら、こんな時間となりました。そのせいで長屋の衆と一緒に湯に入ることができました」

「桂三郎さんよ、おまえさんも大変だな。新兵衛さんの惚けはますます酷くなら。駿太郎さんはよ、何年かたてばおむつも取れよう、歩きもしよう。だが、新兵衛さんはそうはいかないぜ」

　勝五郎が溜息と一緒に言い出した。

「私よりお麻が大変と思います。長屋の衆にも始終迷惑をかけていますしね」

　と桂三郎がすまなそうに応じた。

「勝五郎どの、こればかりは天が下された運命《さだめ》でな、致し方なかろう。新兵衛さんが段々と子供のようになっていくのを、桂三郎どのの一家と長屋の面々が面倒を見るしかあるまい。近頃ではお麻どのの大家ぶりも板に付いてきたではないか」

「酔いどれの旦那は外仕事だから分るめいが、大家は元々よ、男の職分だ。奉行所との付き合い、五人組の話し合いと、お麻ちゃんに無理がかかんなきゃあいいがねえ」

勝五郎の言葉に桂三郎が、

「私が表に立てばいいんでしょうが、職人の私は話し下手でございますしな。ついお麻に頼ることになる」

「勝五郎どの、桂三郎どの、この話は家作の持ち主の久慈屋が承知の話だ。面倒な話には観右衛門どの自らが出ると仰《おっしゃ》っておられる。まあ、習うより慣れよとも申す。しばらく様子を見ようか」

と小籐次が答えたとき、釜場から褌《ふんどし》一つの三助が顔を出し、

「新兵衛長屋の三人衆よ。そろそろ湯を落とすぜ」

と宣告した。


小籐次が久慈屋に到着したのは六つ半（午後七時）を大きく回っていた。大戸は下ろされ、通用口だけが開いていた。

「ご免」

と声をかけながら久慈屋の広い店先に入ると、土間は綺麗に片付けられ、帳場格子に大番頭の観右衛門や番頭、手代が集まり、売り上げの突き合わせをしていた。奉公人の大半は奥へ引き上げている様子だ。

小籐次は通用口を閉じた。

「参られましたか」

「ちと早かったかな」

「いえ、そうでもございませんぞ」

と言うと、観右衛門が、後をよろしくな、と久慈屋の幹部連に命じ、

「奥へ参りましょうか」

と小籐次を奥へと誘《いざな》った。

久慈屋の主《あるじ》の昌右衛門《まさえもん》の座敷に難波橋の秀次親分がいた。

小籐次は久しぶりに会う昌右衛門に挨拶をすると、

「相変わらず酔いどれ様の身辺、賑やかなようでございますな」

と昌右衛門が笑みを返した。

「主どの、それがしが求めたわけではないが、いつの間にか騒ぎに巻き込まれておるのだ」

と小籐次が苦々しく応じると、

「親分、昨晩は世話をかけ申した」

と昨夜のことに触れた。

「うちの帰りに長屋の木戸口で襲われなすったそうで」

「ほう、早や承知か」

「蛇《じゃ》の道はへびでさあ。昨夜、赤目様を襲った相手ですがねえ、雪之丞の身元が知れました」

「小出の係累かな」

「お英様の実兄小出雪之丞でございましたよ。篠山藩江戸屋敷で相談方という、いわば親父の跡目を継ぐ見習い身分、小出家では父子してなんとしても藩の中枢に戻りたいと焦っておいでのようなので。それも忠裕様が老中職の間にね」

「小出家では駿太郎の扱いをどうなさりたいのかのう」

小籐次が首を捻りながら聞いた。

「そこですよ」

と観右衛門が会話に加わった。

「親分から赤目様と駿太郎さんが襲われたと聞いて、小出家では未だ駿太郎さんのことを表沙汰にするより隠す策を取ろうとなさっているのではと思われますな」

「大番頭さん、隠すなんて生易《なまやさ》しいことではないかもしれませんぜ」

「偶々赤目様が須藤平八郎を斃された。となると、お英様が子をなしたという証拠は駿太郎さんだけです。駿太郎さんを始末して、頰被りというわけですな」

「赤目様もおられます。そううまくいきますかね、大番頭さん」

「そうか、須藤平八郎から駿太郎さんを預かった酔いどれ小籐次様がおられましたな。それに小出家でもお英様を今さら藩主の側室には上げられますまい」

「国表でも江戸屋敷内でも知れ渡っているわけですから、無理でしょうな」

と秀次が言う。

「昨夜、雪之丞の仲間を懲《こ》らしめておいた。これで一件落着にならぬかのう」

と小籐次が願いを込めて言った。

「それがそうもいきませぬようで」

久慈屋の大旦那の昌右衛門が最後に会話に加わり、秀次を促した。

「へえっ、赤目様、昨夜もお話し申しました篠山藩下屋敷の佐々木様からお使いがございましてな。最前に駆け付けますと、佐々木様は手回しよく西御丸下の上屋敷を訪ね、小出家の動きを探られましたそうな。その結果、当主の小出貞房様は、お英様の生んだ子が江戸の裏長屋に住んでおること、そして、養っておる人物が酔いどれ小籐次様と知ると即刻、御鑓拝借の相手の四家に、赤目小籐次とはどのような人物か、老中職を務める篠山藩筋目の家格をひけらかして尋ねられたようなので」

しゃあっ！

と小籐次が奇声を発した。

「小出の当代め、厄介なことをしてくれたな。眠っている子を起こすようなものではないか」

小籐次はそう言いながら、赤穂藩森家の目付古田寿三郎が長屋を訪れたという理由を悟った。

丸亀藩京極家、赤穂藩森家、臼杵藩稲葉家、小城藩鍋島家の四家は赤目小籐次一人のために天下に大恥を掻かされていた。大名行列の象徴というべき御鑓先を切り落とされたのだ。

その経緯は城中の藩主同士の些細《ささい》な会話が発端となっていた。

小籐次は主君久留島通嘉の恥を雪ぐべく藩を離脱したうえで独り行動した。

この大騒ぎの後、四家の藩主と小籐次の旧主の間で、

「手打ち」

が行われ、以後、互いに憎しみを抱かぬことで和解がなっていた。

だが、それは藩主の間の和解であって、

「武士の面目」

を潰されたと考える四家の過激な家臣らは、そのことを受け入れなかった。特に葉隠《はがくれ》武士の末裔《まつえい》を誇りに思う小城藩の面々は赤目小籐次暗殺の刺客を何人も送り込んで、その度に小籐次に苦杯を嘗《な》めさせられてきた。それだけに復讐の念は募《つの》り、最近再び四家の有志を糾合《きゅうごう》し、

「四家追腹組」

と称する赤目小籐次暗殺団を密かに組織したばかりだった。その一番手の刺客が駿太郎の父親、須藤平八郎だったのだ。

小出家では赤目小籐次の腕前を知るために四家に問い合わせたという。

「ふーむ、『四家追腹組』がこの一件をどう受け止めるかのう」

小籐次にとって小出雪之丞など赤子の手を捻る程度のものだった。だが、これまで幾多の死闘を繰り返してきた小城藩を中心にした「四家追腹組」は、難敵だった。

「なんとも動きが摑めませぬな」

と秀次も頭を抱えた。

「親分、もう一つ赤目様に申し上げることがありませぬか」

と観右衛門が秀次を促した。

「おおっ、うっかりしておりました」

と気を取り直した様子の秀次が、

「赤目様、小出お英様が京の尼寺に預けられたと昨夜申し上げましたな。ところが、お英様はどうやら尼寺を出られ、須藤平八郎と駿太郎さんを追って江戸に出ておられる様子なんでございますよ。こいつも佐々木様が上屋敷から聞き込んでこられたことですがね。小出家としては駿太郎さんの存在と合わせ、厄介を抱え込んだと焦っているそうでございますよ」

と秀次が告げた。

しばらく座に沈黙が続いた。

夕餉の膳と酒が四人の男たちのいる座敷に運ばれてきた。燗徳利だけでも何本もあった。

小籐次の膳には朱塗りの大杯があった。

「話を聞いた後で気持ちも落ち付きますまいが、偶には好きな酒を存分にお飲みになり、憂さを晴らして下さいな」

と観右衛門が大杯を小籐次に差し出した。

「それがし、酒はほどほどに慎《つつし》んでおる」

「駿太郎さんのことを考えてですね」

「それがし、独り身なればなんとしても身を防ぐ方策も立てられる。だが、赤子がおって不覚はとれぬ」

「お麻さんに駿太郎さんを今晩預かってくれと頼んでございますよ」

観右衛門がそう言うと、

「酔いどれ小籐次様の力の源は酒にございますよ。偶にはたっぷり召し上がって体を潤《うるお》して下され」

とすすめ上手に朱塗りの大杯に徳利の酒を三本ほど注ぎ込んだ。

その間に秀次が昌右衛門の盃に注いだ。最後に観右衛門と秀次が交互に注ぎ合って、

「赤目様のご苦労を労うてな」

との昌右衛門の音頭《ねぎろ》で四人は器に口を付けた。

小籐次の鼻腔《びくう》に美酒の芳香が満ちた。

「頂戴致す」

小籐次が大杯を傾けた。すると、酒精が滑るように小籐次の口に流れ込み、喉が、
ごくりごくり
と鳴って胃の腑《ふ》に落ちていった。

一息に飲み干した。

「久しぶりに酔いどれ小籐次様の飲みっぷりを堪能《たんのう》しました」

昌右衛門が満足の笑みを見せた。

「旦那様、この酒盃には五合ばかりしか入りませぬ。赤目様にとってはほんの序の口にございますよ」

「いかにもいかにも」

観右衛門が手を叩き、女衆を呼ぶと、

「どんどん酒を運んでおくれ」

と命じた。

「大番頭どの、喉はたっぷりと潤い申した。二杯目からは味おうてゆっくり飲みます」

と宣言した。

五

小籐次と秀次は芝口橋の南詰で左右に別れた。

秀次は御堀端を西に橋一つ上がり、小籐次は東へと下る。

「赤目様、今晩は大丈夫でしょうね」

「親分、そう連夜は出まい。よしんば現れたとしてもそれがし一人だ。なんとでもなるでな」

「いかにもさようでしたな。江都に名の知れた赤目小籐次様にそうそう手を出す馬鹿者はおりますまい」

と言い残した秀次親分がほろ酔い気分で別れを告げた。

四つ（午後十時）前、町内の木戸がそろそろ閉まる刻限だ。

小籐次は東海道を横切る秀次を見送り、芝口新町の新兵衛長屋へと帰路に就いた。

昨夜ほど寒くはないのは酒のせいか。

ゆらりゆらり

と歩く酔いどれ小籐次の足がぴたりと止まった。

晩秋の月がうっすらと道を照らしていた。

麴の匂いが薄く漂い、小籐次は、

（界隈に麴蔵があったか）

と思いをめぐらした。

蔵と蔵の間の暗がりに人の気配がした。

腰を落とした小籐次は闇を透かした。

闇が揺れて一つの影が忍び出た。

遠くから零《こぼ》れる常夜灯の灯りに武芸者が浮かんだ。額には鉄片を巻き込んだ鉢巻をして襷《たすき》をかけていた。足拵えも武者草鞋《わらじ》、厳重だ。

身丈《みのたけ》は五尺七寸、足腰がしっかりとして均整のとれた体付きをしていた。屋敷奉公の武家ではない。武芸一筋に生きてきた潔《いさぎよ》さを体じゅうから漂わせていた。

「そなたは」

「丹石流《たんせき》富ヶ谷《とみがや》紳五兵衛《しんごべえ》」

と相手が短く答えた。

「用か」

赤目小籐次どの、お命頂戴致す」

赤目小籐次と承知した刺客がするすると迫った。

小籐次は相手の歩幅に合わせて下がった。

町内の通い慣れた道だ。どこになにがあるか熟知していた。後ろを見ずとも後退できた。

「そなた、四家追腹組か」

「なんとな」

富ヶ谷は顔に訝《いぶか》しげな表情を浮かべた。

「すると、さる大名家と血筋の者に頼まれたか」

今度は富ヶ谷の顔に変化が見えなかった。それが返答だった。

小籐次は後退を止めた。

富ヶ谷も間合いを考え、前進を止めた。

両者は間合い三間余で対峙《たいじ》した。

「たかが娘が子を生んだだけの話。ちと執念を燃やしすぎるな」

闇に潜み、戦いの行方を検分する者たちに聞かせた言葉だ。

「それがし、刺客に立たされた理由は知らず。ちと義理があって江都に名高き赤目小籐次どのと雌雄を決することになった」

富ヶ谷が呟き、口を閉ざした。

「そなた、金子で雇われたわけではないのか」

富ヶ谷はもはや小籐次の問いには応じぬつもりか、剣を抜いた。

夜目にも身幅の厚い豪壮な刀を正眼に構えた。刃渡り二尺五寸は優に越えた逸品だ。

小籐次は備中次直が鍛造した刃渡り二尺一寸三分を抜いて相正眼に置いた。

「来島水軍流拝見致そう」

富ヶ谷は間合いをじりじりと詰めつつ、正眼の剣を右肩に負うように立てた。

腰を沈めた小籐次は不動のままだ。

富ヶ谷は足裏を交互に動かしつつさらに距離を詰め、自らの間合いをとった。

そのとき、小籐次の次直の切っ先は曲げた腕を差し伸べれば富ヶ谷の顔に届くほどの距離に詰まっていた。

富ヶ谷の角張った顔の、ぎょろりとした目玉が小籐次の動きを読もうと大きく見開かれている様が見てとれた。

両者は動かない。

半歩踏み込み、剣を動かし合えば生死が決した。

長年、闘争の場に身を置いてきた両者は承知していた。また、手加減して避けられる戦いでないことも分っていた。

富ヶ谷の肩に負われていた剣がゆっくりと立てられた。

小籐次も正眼の剣を左の脇構えへと移行させた。

すべては整い、いつ踏み込むか、そのときを待つだけになった。

富ヶ谷の紅潮した顔は、
すうっ
と白紙のように色が引いた。

闇に隠れた者が大きく息を吐いた。

その瞬間、富ヶ谷の体が小籐次の矮軀を押し潰すように傾いてきて、立てられた剣もその動きに連れて雪崩《なだ》れ落ちてきた。

小籐次はそれに対して脇構えの次直を水が流れるように車輪へと引き回した。

「来島水軍流流れ胴斬り」

小籐次の口がこの言葉を吐き、富ヶ谷の豪壮な剣が小籐次の肩口に叩き込まれようとした。
その瞬間、次直が踏み込んできた富ヶ谷の胴を深々と斬り込んだ。
一瞬の差だ。
腰が存分に入った迎撃だった。
どっしりとしていた富ヶ谷の腰と足が地面から離れて、小籐次の次直の引き回しにがっしりとした体が横手へと流れ飛んだ。
小籐次は存分に引き回し、次直を残心の構えにおくと富ヶ谷を見下ろした。
富ヶ谷は剣を手にしたまま仰向けに倒された。が、必死で身を起こそうとして剣の切っ先を地面に突き、その姿勢で小籐次を見上げた。
「酔いどれ小籐次、恐るべし」
その言葉を吐いた富ヶ谷の体が崩れ落ちていった。
血の臭いが、
ふうっ
と漂い、死が取り付いたか、富ヶ谷の体が痙攣《けいれん》し、
ぴたり
と止まった。

小籐次は残心の次直を引き戻すと、血振りをしつつ、

「小出家の妄念《もうねん》許し難し」

と闇に潜む者に吐き捨てた。そして、

「富ヶ谷紳五兵衛どのの亡骸、丁重に葬りなされ」

と命じた。

小籐次は次直を左手に提げ、片手拝みに富ヶ谷を拝むと、新兵衛長屋に歩いていった。

そのとき、闇に隠れて戦いの推移を見ていた者が一組だけではないことを察していた。

(あちらでもこちらでも妄執に憑《つ》かれた者が動きよるわ)

木戸口で差配の新兵衛の家を見た。

今晩は夜鍋仕事もないか、すでに灯りは消えて眠りに就いていた。

(駿太郎も眠っておろうな)

と考えながら抜き身を提げたまま木戸口を潜り、溝板を踏んで井戸端に向った。

小籐次の部屋の灯りが点されていることに気付いた。待ち人か、小籐次の気配に立ち上がる様子があった。

小籐次は構わず井戸端に向った。

井戸端には桶に汲《く》み置きの水があった。

小籐次は血に濡れた次直の血糊《ちのり》を洗い流し、手を洗った。

「赤目様、ただ今お戻りですか」

振り返るまでもなく赤穂藩森家の目付古田寿三郎の声がした。

小籐次は立ち上がると、次直を振って水を落とした。

「赤目どの」

古田の声が驚きに変わった。

「持っておれ」

と小籐次は水に濡れた次直を柄から差し出し、古田に預けた。そうしておいて、
釣瓶《つるべ》で新しい水を汲み上げ、喉を鳴らして飲んだ。

ふうっ
息を吐いた小籐次は釣瓶を置くと、

「造作をかけた」

と抜き身を受け取った。

長屋に戻ると、行灯の灯りにもう一人の待ち人の姿が浮かんだ。

肥前小城藩の中小姓伊丹唐之丞《いたみとうのじょう》だ。

唐之丞が抜き身を提げた小籐次の姿を呆然《ぼうぜん》と見詰めた。その膝の前に大徳利があって茶碗が二つ出ていたが、飲んだふうはない。

「留守にお邪魔しておりました」

伊丹がようやく口を開いた。

小籐次は狭い板の間に上がると、次直の手入れを始めた。研ぎ師が生業の小籐次にとって刀の手入れなど造作もないことだ。

古田が板の間と畳の間の敷居に座すと、

「たれぞに襲われなさいましたか」

と訊いた。

小籐次が次直の手入れの手を止めて、

じろり

と二人を見た。

「四家追腹組ではなかろう」

ごくり

と伊丹唐之丞が喉を鳴らして、

「なんぞご存じのようでございますね」

と尋ねた。

「およそのところはな」

「赤目様はわれらの関わりの他にも刺客を受ける覚えがございますので」

「その方らの用向きから聞こう」

と小籐次は伊丹には答えず反問した。

古田と伊丹が視線を交わらせ、古田が口を開いた。

「四家とは関わりなき大名家の血筋のお方がわれら家中に赤目小籐次様のことを問い合わせたのが、四家追腹組を新たに動かす発端となりました。赤目様には覚えがございますか」

「老中青山下野守忠裕様の筋目小出家が四家を順繰《じゅんぐ》りに訪問したそうだな」

「やはり承知でしたか」

古田寿三郎が得心したように呟き、伊丹が勢い込んで念を押した。

「われら四家とは関わりがないことですね」

「ある」

じろり

と小籐次が伊丹唐之丞を睨んだ。

話しながら簡単に次直の手入れを終えていた。鞘に納め、傍らに置くと、

「その経緯は古田寿三郎どのが存じておろう」

と言った。

伊丹が古田を見た。

「やはり赤穂藩の御用商人播磨屋聡五郎と新渡戸白堂様が引き起こされた騒ぎに関わりがあることでしたか」

古田寿三郎が重い溜息を吐いた。

「思い返すも面倒なれど、過日、わしはこの二人が雇った刺客須藤平八郎どのと戦いに及んでな」

その戦いの場に立ち合っていた古田が頷いた。

「わしが勝ち残り、須藤どのとの約定で子の駿太郎をわしが引き取り、育てることになった」

「赤目様、あの騒ぎの後始末に追われ、ご挨拶が遅れて申し訳ございませぬ」

「今さらそのような挨拶を受けてなんになる」

「長屋の方に赤目様が子育てに苦労なされておると聞き及びました」

「古田寿三郎どの、伊丹唐之丞どの、わしが育てる須藤駿太郎の母親はそなたら、四家を老中の権威を笠に訪ね回った小出貞房の娘のお英よ」

小籐次は二人に駿太郎にからむ小出家の動きを告げた。

「なんと、新渡戸様と播磨屋の騒ぎがこのような形で続いておりましたか」

古田寿三郎が溜息を再び吐いた。

「元を糺《ただ》せば城中の他愛《たわい》もなき話に始まる」

「赤目様がわれら四家の参勤行列を襲うようなことをなされなければ、われらの心労もございませんでした」

小籐次の言葉に応じて伊丹唐之丞が思わず本音を洩らした。

「もはや過ぎ去った種々《くさぐさ》を悔やんでもなんの詮もないわ。赤目小籐次も、四家を代表してわしとの渉外方を務めるそなたらも、同じ船に乗り合わせた同士じゃ。四家追腹組などという徒党が解散されぬかぎり、腐れ縁は永久に続くと思え」

二人が愕然《がくぜん》として頷き、古田が空の茶碗を小籐次の前に差し出した。

「久慈屋で二升ばかり酒をご馳走になり、ほろ酔い気分で戻ってきたが、小出家が雇った刺客に襲われ、すっかり酔いが覚めた」

小籐次が茶碗を取り上げると、伊丹が大徳利を抱えて注いだ。

「赤目様、小出家は駿太郎どのを亡き者にしようと考えておられるのですか」

「そこが今一つ判然とせぬ」

古田の問いに小籐次が答え、

「今晩、はっきりとしたことがある。少なくとも赤目小籐次の暗殺を企《くわだ》てておることは確かのようだ」

「御鑓拝借の赤目小籐次様、さらにはわれら四家をも甘く見た所業にございますぞ」

伊丹唐之丞が言い、

「藩主どのが老中職にあるうちに藩の中枢部に返り咲きたいという者の考えらしいが、浅慮《せんりょ》という他にない」

「小出家なんぞに赤目小籐次様を討てるものか」

「要らざることを抜かすでない」

小籐次の一喝《いっかつ》に伊丹が首を竦め、

「そなたら、なんぞ付け加える話があるか」

と訊き返した。

「まず申し上げます」

伊丹が身を乗り出した。

「四家追腹組は赤穂、臼杵、丸亀、小城四藩とは直接関わりございません、そこのところを赤目様にご理解頂きたいと、われら四家は願うばかりです」

しゃっ
と小籐次が吐き捨てた。

「いえ、すべて曰く因縁があってのこと、それはわれらとて承知です。じゃが、鍋島直尭《なおたか》様も稲葉雍通《てるみち》様も京極高朗《たかあきら》様も、わが殿、森忠敬《ただよし》様も赤目小籐次様に報復しようなどというお気持ちは毛ほどもお持ちではない、そのことを伊丹どのは申し上げたかっただけのことです」

古田が伊丹に代わって言った。

「それでも四家は有志を募り、資金を集め、次々にこの赤目小籐次に刺客を放ってきおる。此度も小出家の愚挙に便乗して刺客を送り込む所存か」

古田と伊丹が期せずして、
ふうっ
と溜息を吐いた。

「四家とも屋敷内で会合を持つようなことは禁じられておりますゆえ、四家追腹組がいつどこで集まりを持ち、どのような策を講じたか、未だ摑めておりませぬ。ただ、一つ、四家に奉加帳《ほうがちょう》が回ったことだけは確かです」

「小城藩は武辺の藩と聞くが、赤目小籐次一人を討ち果たすために銭金で刺客を雇うか」

伊丹が小籐次の言葉に悔しそうに顔を歪《ゆが》めた。

「赤目様、われらが四家を代表して本日こちらに伺ったのは、『四家追腹組』の所業に関しては四家ともに赤目様と同じ立場で動くという藩の意向を改めてお知らせに参ったのでございます。どうか、われらの真意をお汲み取り下さい」

「古田どの、今さらの言辞じゃが、聞き置く」

「有難うございます」

「なんぞ『四家追腹組』に新しき動きがあれば、この小籐次に知らせてくれような」

「承知しました」

と赤穂藩目付の古田が請け合った。

茶碗に新たな酒が注がれ、新しい盟約がなった証しに三人は茶碗酒を飲み干した。

二人が新兵衛長屋を辞去したのは、夜半九つ（午前零時）近くであった。

小籐次は心を鎮めるために次直に研ぎをかけた。

その夜、新兵衛長屋にいつまでも砥石の上を刃が往復する音が響いていた。

第三章　助太刀小籐次

一

緊張の中にも静かな日々が繰り返されていた。季節は確実に冬の気配を深めたが、日中の陽射しはどことなく穏やかになった。

小籐次は水を張った桶の傍らに藁籠を据えて、駿太郎を寝かせ、刃物研ぎの合間にその様子を眺めては、

「おうおう、元気がよいわ。さすがに男の子よ」

とか、

「むずかっているが、おしめが汚れたかのう。今替えてやろうか」

などと話しかけながら仕事を続けた。

藁籠の頭には竹とんぼが風に任せてくるくると廻り、その度に音を鳴らして駿太郎を喜ばせた。ここは、

「金竜山浅草寺《せんそうじ》御用達畳職備前屋」

の店先だ。

穏やかな光が広い土間の一角で仕事をする小籐次と駿太郎の籠の上に散ってい た。そして、店の前には半ば隠居かつ半ば小言がかりの梅五郎親方が丹精した色とりどりの菊の鉢が並んで、秋の光を受けている。

昨日から商い場所を深川から大川右岸の駒形堂界隈に変えた。まず最初に向った先が備前屋の梅五郎親方の店だった。

「赤目様よ、近頃お見限りじゃないかえ。おれは赤目様がよ、大名家なんぞに召し抱えられてよ、もう研ぎ仕事を止めたかと思ったぜ」

梅五郎親方が大声を張り上げて迎え、小籐次の背を見た。

「赤目様、背に赤子をおぶってなさるようだが、一体全体どうしたことだ」

当然の質問に、小籐次は差しさわりのないところで駿太郎を養うようになった経緯を語る羽目になった。

「おふさ」

と梅五郎親方が倅の嫁を呼び、

「赤目様に子ができたぜ」

と今度は自分の口から事情を説明した。

「呆れたよ、お義父《と》つぁん、命を奪いにきた侍の子を育てるなんて聞いたこともないわ」

「そこがさ、赤目様らしいじゃねえか。おふさ、うちで仕事をなさる間はよ、一太郎と一緒に赤子の面倒を奥でみてやんな」

と嫁に命じた。

一太郎は神太郎とおふさの子、梅五郎の孫だ。

「あいや、親方、おふさどの、そうそうどこでも甘えていては父親の役目を果たしているとは申せまい。ほれ、このようにおしめも重湯も持参して参った。手に余ることがあったら、真に申し訳ござらぬが、手伝ってくれぬか」

と願った。

「そうかえ、うちは奥にいけばおふさの他にうちのばあ様をはじめ、女衆が何人もごろごろしてるんだがね」

と梅五郎はちょっぴり残念そうな顔をしたが、おふさが、

「お義父つぁん、赤目様の好きにして頂くのがなによりよ」

と応じ、小籐次に、

「おっぱいでもおしめでも手に余るときは呼んで下さい」

と言ってくれた。

そんなわけで備前屋の店の土間で研ぎ屋を開業した。備前屋の道具だけでも数日は掛かりそうな感じだった。

畳屋は新年を前に師走《しわす》にかけて猫の手でも借りたい季節だ。道具を研ぐ暇がないのが実情だった。

小籐次は集められた大小の刃物に一丁ずつ丁寧に研ぎをかけた。そんなことをしていると、

「あら、酔いどれの旦那、なんの気紛《きまぐ》れだえ。久しぶりに顔を出してさ。梅五郎親方が目を光らせているうちに、うちの菜切り包丁も研ぎに出すかねえ」

と馴染みのおすみが話しかけ、小籐次のかたわらにどっかと座した梅五郎が、

「おすみさん、一本二本とそれぞれがかってに持ってくるのは面倒だ。長屋じゅうのを集めて持参しな。研ぎ代は四十文、数分《かずぶん》きっかりと集めてくるのじゃぞ」

と命じた。

「だれが研ぎ屋か分らないよ」

　と言いながらも近くの裏長屋に住むおすみが足早に戻り、再び姿を見せて、

「梅五郎の親方、出刃が三本に菜切りが二本だ。夕方までに仕上げておくれな」

「承知したぞ、おすみさん」

「親方、そんでさ、研ぎ代だがさ、五本で百五十じゃあだめかねえ」

「天下の酔いどれ小籐次様に研ぎをさせて一本三十文だと。言うにことかいて気前よく値切ってくれたものだな」

　と梅五郎が答える傍らから、

「よいよい、夕餉の仕度までに仕上げるでな」

　と小籐次が請け合った。

　梅五郎は大勢の職人が畳替えをする作業場の土間を見回しながら、

「赤目様、おまえ様、いくつだったかねえ」

「わしか、早や五十路《いそじ》は越えたな」

「おまえ様が還暦を無事迎えた折には籠の赤子が十歳か」

「およそそんな勘定かのう」

「一人前になったときには赤目様、七十だぜ」

「親方、まず生きてはおらぬな」

「そこだ。どうなさるな、この駿太郎様だがよ」

「親方、先のことを案じても致し方なかろう」

「とは言うがよ、今のうちから考えておかぬとな」

昼下がり八つ（午後二時）の刻限におふさが茶請けに餡《あん》饅頭と熱い茶を淹れて、二人の年寄りのところに運んできた。ふと見ると職人衆もひと休みしていた。

「お義父つぁんがそう心配してもしようがないと思うけどな」

奥で二人の会話を聞いていたか、おふさが言い、籠から駿太郎を抱きかかえると、

「赤目様、奥でおしめを替えておっぱい上げてもいい」

と断わり、その場から消えた。

「親方、駿太郎がおるとな、張りはできるが酒にも酔っ払うことは叶わぬ。その点がな、ちと不自由かな」

「そりゃ、男手一つで赤子を育てるのは並大抵じゃねえよ。これから寒中だぜ、おしめを洗う水だって冷たくならあ」

「水の扱いにはなれておる」

梅五郎と小籐次はそんな会話を続けながら茶請けの饅頭を頬張り、茶を喫して路地に散る陽射しを眺めた。

「おれがさ、嫌味のようにいろいろと言うのはさ、子供を育てるのは大変だがよ、育てる楽しさはそれ以上と言いたいからなんだよ」

「親方、分っておる」

そんな二人の話を梅五郎の倅の神太郎が笑いながら聞いていたが、

「親父、うちの餓鬼《がき》が大きくなったからって、赤目様の駿太郎様をそう構うこともあるまいが」

と言い出した。

「孫なんぞは三つ四つまでだねえ。あとは悪態を吐くだけだ」

とぼやいた梅五郎が、

「駿太郎様はお侍の子だ。万々そんなことはあるまいがよ」

と付け足した。

この日も小籐次は梅五郎となんとも長閑な会話を交わしながら、夕七つ半（午後五時）過ぎまで仕事をした。

「赤目様、当分、うち通いだぜ。道具は置いていきな」

と念を押されて店仕舞いした。

「赤目様、駿太郎様のおしめも替えたばかりよ、汚れたおむつはうちのと一緒に洗っておいたわ。明日には乾いているわよ」

とおふさがここでも湯煎した乳を持たせてくれた。

「舟まで送っていこう」

そう言う梅五郎の手にはお重と大徳利が提げられていた。

「重には赤目様の夕餉が入っているそうだ」

「助かる」

駿太郎を背負い、空籠を提げた小籐次と梅五郎が肩を並べて駒形堂の河岸へと向う姿を見て、神太郎が、

「うちのお父つぁんの面倒を赤目様が見ているようだよ」

と呟いたものだ。

ちゃぷんちゃぷん

と岸辺に寄せる波も寒さを感じさせる。

「どうするね。駿太郎様を籠に寝かせるかえ」

「温かいで、このままおぶっていこう」

道具を残してきたので、籠とお重と徳利を舟に載せると直ぐ仕度はなった。

梅五郎が舫い綱を解き、

「赤目様、気をつけてな」

「親方、一日がこれほど短く感じたこともなかった。楽しかったぞ」

「明日も年寄り猫のように過ごそうか」

「そう致そう」

小籐次は手で杭を押し、小舟を流れに押し出し、直ぐに櫓に替えた。

「親方、また明日な」

いつまでも河岸に立って見送る梅五郎に手を振り、水面が濁った茜色に染まる大川を下った。

舟から見る江戸の町並みも冬暮色に包まれて、

「駿太郎、そなた、おっ母さんが恋しくはないか」

と話しかけたほどに感傷的になった。

「そうそう、そなたはお英どのの肌の温もりを知らずに育ったのであったな。父親の須藤平八郎どのとどうやって東海道を江戸まで下向してきたな」

と問いかけた。

だが、駿太郎は腹がくちくなって満足したか、ねんねこの中で眠り込んでいた。

小籐次は立ち漕ぎから艫《とも》に半身になって座しての操船に変えた。

大川の流れに乗って下るので、力は要らなかった。

御厩《おうまや》河岸の渡しが本所に向って進んでいく。小籐次の小舟はその渡し船の通り過ぎた後を御米蔵、首尾《しゆび》の松へ差し掛かった。

小籐次は行儀が悪いと承知で足先を使い、お重を包んだ風呂敷包みを膝の間に寄せた。

気を利かせたおふさがお重の上に湯呑みを入れたと察したからだ。果たして包みを解くと湯呑み茶碗が現れた。

「許せ、駿太郎」

膝の上に湯呑みを置くと、今度は大徳利を片手で持ち上げ、曲げた肘に徳利を載せて口で栓を抜き、膝の上の湯呑みに酒を、
とくとく
と注いだ。

夕暮れの川面《かわも》に酒の香がほのかに漂い、

「これは堪《たま》らぬ」

と独り言《ご》ちた小籐次は徳利を足元にそっと置き、口の端にくわえていた栓を徳利に詰めた。

「頂戴致す」

右手で櫓を、左手に湯呑みを持った小籐次は酒の香を楽しみつつ、喉に落とした。仕事を終えて戻る舟で、口に含んだ酒が五体にゆっくりと廻るのが分った。

酒の菜は茜色に染った川面だ。

「目にも五臓六腑にも沁《し》み渡るぞ」

小籐次は一杯の茶碗酒をしみじみと味わいながら飲んだ。

小舟はいつしか両国橋を潜り、新大橋に近付いていた。

川の上には仕事帰りの荷足り船や吉原通いの猪牙舟が上下していた。

両岸からは炊煙が上がる刻限だが、日はとっくに落ちていた。さっきまで濁った茜色を見せていた空も暗く沈んで、船の提灯が明るさを増した。

小籐次の小舟には提灯の用意はない。

それだけに岸辺近くで新大橋を潜り、葦《あし》が生えた中洲の東側を河口へと下っていった。櫓は漕ぐというより方向を定めるだけに使われた。

小籐次は二杯目を飲むかどうか考えた。

そのとき、背の駿太郎が泣き出した。

「おおっ、よしよし」

小籐次は半身の姿勢から立ち上がり、ねんねこの上から駿太郎の体を、

ぽんぽん

と軽く叩いた。

「夜風が眠りを覚ましたか」

小籐次は立ち漕ぎの体勢に戻り、中洲から漕ぎ出された二隻の船影を見た。

中洲の中に舳先を突っ込み、短い逢瀬《おうせ》を楽しむ男女がいないわけではない。だが、舳先を連ねて漕ぎ出された二隻にはそんな艶《つや》っぽい名残《なごり》などなく、殺伐《さつばつ》とした空気が漂っていた。

小籐次は薄闇を透かした。

二隻の船は灯りを点していなかった。

四家追腹組か、それとも小出雪之丞に指揮された者たちか。

小籐次は櫓を両手に持ち替えると、

「駿太郎、ちと揺れるぞ」

と泣き続ける子に言った。

腰が入り、櫓がしなるように大きく漕ぎ出された。流れに乗っていただけの小舟が急速に船足を増した。

小籐次の体が大きく揺れると、駿太郎が泣き止んだ。

小籐次は接近してきた二隻を改めてみた。それぞれに四、五人ほどが座しているように思えた。

「ほうほう、そなたの伯父御どのが座乗しておられるわ」

二隻目の船に深編笠が見えた。

小籐次の舟の背後半町に迫ってきた。

前方に永代橋が長さ百二十余間の緩やかな弧を見せて浮かんでいた。その上に店や屋敷や長屋に戻る人影があった。

両船の間はさらに縮まった。

両国橋を潜った。

追走する一隻目の船の一人が立ち上がった。なんと本身の槍を小脇に抱えている。

「馬鹿めが」

小籐次が吐き捨てた。

河口に差しかかり、複雑な潮流が押し合いへし合いして三角の波を立てていた。

小籐次には馴染みの波だ。

一隻目が数間後ろに迫った。

小籐次は足先で竹竿を拾うと甲に載せて、
ぽん
と蹴り上げ、片手で摑んだ。

背に駿太郎をおぶい、右手に櫓、左の小脇に竹竿を抱え込んだ。

小籐次はそうしておいて霊岸島《れいがんじま》の越前福井藩松平家の中屋敷へと舟を寄せた。

背後から迫る一隻目が小籐次の小舟に並びかけ、ほぼ二間の間合いで併走してきた。二隻目は挟み込むつもりか、小舟の右手に回り込もうとした。

一隻目からもう一人大兵《だいひょう》が立ち上がった。この者も本身の大槍を構えている。

船が寄せられた。

その瞬間、小籐次は小脇に搔い込んだ竿を上げると、一隻目の船の船頭の腰を迅速な動きで突いた。

「あっ！」

不意打ちを受けた船頭がよろめき、櫓に縋《すが》ろうとした。そのせいで船の舳先が、

くるり
と回転して、槍を構えていた大兵を水に振り落とした。ついでに船頭も水中に落下した。

小籐次が父から習った来島水軍流は、瀬戸内の水軍が船戦で使う技を工夫したものだ。それは剣から竿、櫓、綱と船上で使うあらゆるものが武器たりえた。

不安定な船上で竿を使うなど小籐次にとっては朝飯前のことだった。

船頭を失くした一隻目が脱落し、二隻目が迫ってきた。

「小出雪之丞、未だ目は覚めずか」

小籐次の呼びかけに、

「おのれ、赤目小籐次、思い知らせてくれん」

と自ら立ち上がった。

「槍を貸せ！」

小出家の家来にか命じた雪之丞の手に赤柄の槍が渡った。

小籐次は相手が存分に構える間を与えると、小舟の舳先を、
すいっ
と自ら寄せた。

一気に両船が接近し、小籐次は竹竿を、雪之丞は赤柄の槍を構え合い、次の一瞬、突き合った。

両手で構え、突き出した雪之丞の本身の槍の穂先が煌《きらめ》いた。だが、船上のことだ。船の揺れに雪之丞の体が傾き、穂先が流れた。

小籐次の竿先は相手の船縁《ふなべり》の後ろを軽く、

ぽーん

と突いた。

その途端、船が、

くるり

と回転して、雪之丞は、

ざぼん

と頭から水中に落下していった。

小籐次は竿を船底に投げ入れると、両手に櫓を握り力を入れた。

そのとき、小籐次の背からなにが可笑《おか》しいか、

きゃっきゃっ

と笑う駿太郎の声が鉄砲洲に響いた。

二

まだ薄暗い翌朝、小籐次は井戸端で重箱を洗い、水を切った。一日一日、寒さが募っていた。

おきみが釜の米を研ぎながら、

「これから寒さが堪《こた》える季節が来るよ」

とぼやいた。井戸の周りに、散り残っていた銀杏《いちょう》の葉が落ちて、風にかさこそと舞っていた。

「酔いどれの旦那、昨晩はえらく駿太郎ちゃん、機嫌がよかったね。お麻さんとお夕ちゃんが訪ねたせいかえ」

「なんだかえらくはしゃいでいたな」

雪之丞らとの水上の戦いの後、なにが面白いのか駿太郎の笑い声は新兵衛長屋に戻っても続き、小籐次が湯を沸かして駿太郎の体を拭き、湯煎した乳を与えて、寝かせようとしても止まらなかった。

小籐次は備前屋から頂戴してきたお重の菜をあてに茶碗酒を二杯飲みながら、ご機嫌ぶりを見守り、

「そろそろ、そなたのおっ母さんからなんぞ連絡があってもよいころじゃがのう」

と駿太郎に話しかけた。

小籐次は小出家の動きにお英の考えが連動しているとは思っていなかった。京の尼寺に体《てい》よく押し込められたお英が尼寺を出て江戸に向ったとしたら、

「須藤平八郎と駿太郎との再会」

を策してのことのはずだ。だからこそ、生まれたばかりの駿太郎を平八郎の手に委ねたのだ。

母親の子を思う気持ちを斟酌《しんしゃく》するとき、お英が絶対に小籐次の前に姿を見せる気がしていた。

「そのときは、そなたを手放すことになるかのう」

はたとそのことに気付き、寂しい思いに襲われるだろうと考えた。

小籐次は生涯所帯を持つことなく、ゆえに子もなく死の時を迎えるであろうと覚悟していた。それが思い掛けないことから駿太郎を養うことになったのだ。

陶然《とうぜん》とした酔いの頭に駿太郎の成長を見守る己《おのれ》と、もう一人、女の姿が浮かんだ。

(な、なんと)

小籐次は狼狽《ろうばい》した。

それは未だ見ぬお英ではなく、おりょうの姿だったからだ。

おりょうは大身《たいしん》旗本水野監物《けんもつ》家の下屋敷の奥勤めのお女中だ。

小籐次が奉公した久留島家の下屋敷と近いせいもあって、楚々《そそ》としたたたずまいで、色白の娘のおりょうをその十五、六歳のときから承知していた。

小籐次にとっておりょうは観音様にも似た存在で、心の中で密かに慕う想い女《びと》だった。

駿太郎を挟んで小籐次とおりょうが暮らす。

「夢のような話じゃな」

と思った。

そのときだ。

「赤目様、駿太郎ちゃん、まだ起きてる」

というお麻の声がして、建付けの悪い腰高障子が開き、お麻とお夕の親子が顔を出した。

「なんだか、はしゃいで寝よらぬ」

二人が板の間まで上がってきて駿太郎の顔を覗き込み、

「あら、ほんとうだ。にこにこしているわ」

「おっ母さん、駿太郎ちゃんの眼がなんだか光っている」

と言い合った。

「私がしばらくおぶっていようか」

お夕がそう言うと、お麻が手際よくお夕の背に駿太郎を括《くく》りつけた。

「駿太郎ちゃん、いいこと、少しだけお付き合いするからさ、寝るのよ。赤目様がご飯も食べられないよ」

お夕は子守唄を歌い、狭い板の間を歩きながら上手にあやした。

「赤目様、夕暮れ前、御汁《おつけ》の実の豆腐を買いに通りに出たと思って」

「なんぞあったか」

小籐次は、お麻がただ駿太郎の様子を見にきただけでないことを知らされた。

「町内の豆腐屋で聞いた話なの。赤目小籐次という浪人がこの界隈に住んでないか、そこに赤子がおるかと訊いて回る武家の女がいるんですって」

やはりお英が姿を見せたか、と小籐次は思った。

「若い女子か」

お麻が首を振り、

「年の頃は四十前後で、どうみても江戸の屋敷奉公とは思えなかったとか。駿太郎ちゃんのおっ母さんではなさそうですね」

「駿太郎の母親のお付《つき》かのう」

お麻が頷く。

「豆腐屋はなんと答えたのであろうか」

「利平さんは適当に受け答えしたそうですが、何人かにあたればうちの長屋に駿太郎ちゃんがいることは直ぐに分りますよ」

「そうじゃな、芝口界隈まで相手が姿を見せたとなると、母子の対面も間近かのう。目出度《めでた》い限りじゃが」

と答えた小籐次だったが、胸の中にからからと音を立てて空《うつ》ろの風が吹くのを禁じ得なかった。

「もし駿太郎ちゃんの母親が長屋に訪ねてきて駿太郎ちゃんを返せと言われたら、赤目様、どうします」

「どうもこうもない。母親の胸に実の子が戻るのがなによりであろう」

お麻が頷き、お夕が、

「赤目様、ようやく寝たわ」

と腰を屈めてぐっすりと眠り込んだ駿太郎の顔を見せた。


朝まだきの入堀に小舟を出した。

腰には珍しく孫六兼元を差し落としていた。次直は先の戦いで刃が零れ、手入れを致さねばと考えていたからだ。

この界隈の住人が汚水を流す入堀は、江戸の内海の潮の満ち引きで水位が上下した。そんな堀留だが朝の間は霧がかかって汚物を隠し、幻想的な光景を見せていた。

御堀に出ると急に船の往来が激しくなって、小籐次の小舟は御堀の端をゆっくりと築地川に下った。

この日も駒形堂の船着場に小舟を寄せ、備前屋で仕事をさせてもらうつもりだった。

昨夕、小出雪之丞ら二隻の船と戦った大川を小籐次は漕ぎ上がった。竿で突き落としたが、大事には至っていないことを承知していた。船が二隻もいたのだ。直ぐに救助されたことだろう。

流れの中に落ち葉が混じっていた。

出掛け、駿太郎はお麻の家に連れて行かれ、おしめを替えられ重湯を飲まされて満足した様子で戻ってきた。今は藁籠の中ですやすやと眠っていた。

「そなた、おっ母さんに会いたいか」

小籐次の言葉は眠る駿太郎に向けられたものではなく、己に向けられたものだった。駿太郎がいなくなれば、また独り身の暮らしに戻る。自明のことだ。それがどうもしっくりと納まりがつかないのだ。

(赤目小籐次、どうしたことか)

駒形堂の船着場に小舟を寄せたとき、小籐次は己の老いを知らされたように疲れ切っていた。

(しっかりせよ、小籐次。おまえは四家追腹組という難敵を持つ身じゃぞ)

小籐次は舫い綱を杭に結ぶと平手で両の頬げたをばんばんと叩き、気合いを入れ直した。

「赤目様、今朝も張り切っておられますな」

河岸から声がして備前屋の梅五郎が立っていた。

「親方、直々《じきじき》のお出迎えとは恐縮至極にござる」

「朝の間くらい店の邪魔になるめえと出てきただけよ」

梅五郎が苦笑いして、駿太郎が眠る藁籠を抱き取った。

小籐次は洗ったお重と空の徳利を提げて、船着場に飛び上がった。

「日一日と体が重くなるようだねえ」

梅五郎が駿太郎の成長ぶりを両腕に感じたか、そう言った。

「いかにもさようでござろう。夜抱き上げたときと次の朝では重みが違うでな。

これが育ち盛りというものですかな」

浅草寺領備前屋では、すでに職人衆が仕事を始めていた。

「お早うござる」

「赤目様、お早うございますよ。今日も一日、いい日和《ひより》ですぜ」

と備前屋の当代親方の神太郎が応じ、

「親父、赤目様の研ぎ場に陽が当たってくるまで、駿太郎ちゃんをうちの一太郎といっしょに奥で遊ばせねえか」

と父親に言った。

「そうだな、まだ寒い店先に寝かせるのは酷だな」

と言いながら、梅五郎が奥に籠ごと駿太郎を連れていった。

「神太郎どの、子まで面倒をかけて申し訳ござらぬ」

「なあに、駿坊の世話なんぞは一太郎の合間にできらあ。奥で女たちが手薬煉《てぐすね》引いて駿坊の到来を待っているのさ」

「いやはや、子育てはなんとしても手がかかる」

と言いながら、小籐次は土間の一角に研ぎ場を設えた。

お重の包みと徳利を手に土間から三和土《たたき》廊下を抜けて、台所に向った。馴染みの得意先だ。なにがどこにあるか、すべて承知の小籐次だった。

台所の土間に足を踏み入れると、板の間で女たちが目を覚ました駿太郎を囲み、

「べろべろばあっ」

「うちの一太郎もこんなに小さかったかねえ」

「おっ母さん、一太郎はもう三つですよ。駿太郎ちゃんとは比べものになりませんん」

「おうおう愛らしい手だこと」

と言った梅五郎の女房のおせんが、

「おふさ、なんでしょうね。指の間におっぱいがこびりついてますよ。やっぱり男親だけで育てるのは無理があるよ」

「おっ母さん、赤目様は駿太郎ちゃんの実のお父つぁんじゃあありませんよ」

と言い合っていた。

「おかみさん方、色々と造作をかけて相すまぬ。また昨夜は美味しい煮物、馳走になった」

小籐次の声に女衆が振り向き、

「赤目様、日中、町内の湯屋に駿坊を連れていくがいいね。おっぱいをあちらこちらにこびり付かせているようじゃ、肌が爛《ただ》れるよ」

とおせんが厳しい顔で言った。

「おかみさん、湯浴みまで面倒みてもろうて相すまぬ」

「なあに、赤目様にはうちの爺様の面倒をみてもらってます。あいこだよ」

とおせんが笑う。

小籐次はお重と徳利を板の間の端に置いた。

「わしはご隠居の面倒なんぞみておらぬぞ。ただ、二人して四方山話《よもやまばなし》をしておるだけだ」

「それそれ、倅や職人はさ、隠居爺さんがあれこれ口出しすると仕事が遅れると嫌がってるんだよ。体が動かなくなった分、口だけは達者だからね。赤目様と日がな一日話してくれていると、仕事が捗《はかど》るんだと」

「わしは梅五郎隠居と話しているほうがな、研ぎがうまくいくようだ。それになにより楽しい」

「駿坊と爺様、交換してもいいよ」

とおせんが笑った。

小籐次は井戸に行き、桶に水を汲んで表に戻った。すると、梅五郎が永の浪人暮らしといった男と話していた。継ぎのあたった袷《あわせ》の着流しで、内職仕事の証しか、袷の膝の辺りが丸まっていた。手には布に包まれた刀らしきものを抱えていた。

小籐次が戻ってきた気配に二人が振り向いた。

無精髭に蓬髪《ほうはつ》の浪人は四十過ぎかと思えた。

「赤目小籐次様にござるか」

「いかにも赤目にござる」

「それがし、この界隈の裏長屋に住まい致す稲村右源太《いなむらうげんた》と申す。赤目様は刀研ぎもなさると聞いたが、さようか」

「いささか心得はござる」

「いささかですか」

稲村ががっかりしたような声で問い直す。

小籐次は腰の一剣を鞘ごと抜いて浪人に差し出した。

「それがしが手入れ致した」

稲村が小籐次の顔を見直すと、

「拝見仕《つかまつ》る」

とまず自分が抱えていた布包みを梅五郎に渡し、小籐次の手から両手で受け取った。畳屋の内外を見回した稲村は、

「暫時上がり框《がまち》を拝借致す、親方」

と断わると土間に入り、上がり框に座した。

刃を上にして右手で柄、左で鞘を持ち、鯉口《こいぐち》を切った。抜きかけた刃を切っ先のところで一旦止め、鞘からそっと離した。

口元を固く結んだ浪人が刃渡り二尺二寸一分の孫六兼元を立て、鑑賞した。

顔の表情が険しく変わっていた。

長いこと無言で刃の表、さらには裏と眺め、兼元を斜めに寝かせて鎺下《はばきした》から切っ先を眺め渡した。

張りつめた時が畳屋の店先に流れた。

神太郎も職人も稲村右源太の一挙一動をなんとなく仕事を中断して眺めていた。

孫六兼元の刀身が鞘に静かに納められた。

しばし瞑目《めいもく》した稲村が、

「さすがに江都に武名を轟かせた酔いどれ小籐次様の差し料、堪能致しましてございます。御作はだれにございますな」

と丁寧な語調に変え、訊いた。

「美濃鍛冶初代孫六兼元にござる」

「いかにもさようでござろう」

ふうっ

と稲村が息を吐いた。

「それがしの研ぎ、いかがにござる」

「最上大業物《おおわざもの》の兼元に匹敵するお仕事にございました」

稲村が上がり框から腰を上げ、小籐次に兼元を差し出した。

「稲村の旦那、研ぎを頼まれますな」

と梅五郎が口を挟んだ。

「隠居に口を利いてもらおうと思うたが、それがしの差し料を赤目様に見せずによかった。持ち帰る」

「稲村様、赤目様では不足ですかえ」

梅五郎が不満そうに訊いた。

「隠居、勘違いせんでくれ。赤目様の研ぎは孫六兼元に匹敵するお仕事と申したぞ。わが鈍《なまく》らのがたくり丸を頼むことなど叶わぬ」

稲村は梅五郎から布包みの刀を取り上げようとした。

「お待ちあれ」

今度は小籐次が声をかけた。

「稲村どのには研ぎを致さねばならぬ理由があって、こちらに持参なされたのではないか」

「正直申して、作事場を構えた研ぎ師に支払う代価は持ち合わせござらぬ。備前屋で赤目様が包丁の研ぎをなされていると家内から聞いたで、持参致した。が、それがしの間違いであった」

「拝見致そう」

梅五郎が差し出した。

「恥ずかしゅうござる」

稲村が呟いた。

小籐次は研ぎ場に座し、黄ばんだ布を解いた。塗りの剝げた刀は長いこと陽の目を見なかったか、湿気《しけ》った臭いがした。

「拝見致す」

　刃を上に鞘から抜いた。鞘の中を走るざらざらとした感触が掌《て》に残った。

　鎬造《しのぎづく》り、刃渡り二尺四寸余か。

　小籐次は江戸前期、加賀の刀鍛冶の作かと判断した。

「いつまでに研ぎを致さばよいな」

「赤目様が研いで下さるか」

「わが長屋に持ち帰れば、兼元を研いだ道具がござる」

「明日の夕刻までに」

　梅五郎が、

　ひえっ

と叫び、

「稲村様、刀だぜ。それを一晩で研げなんて無理ですよ。せめて十日や十五日は余裕がなきゃあ」

と言った。

「隠居、それがしも無理は承知で申しておる」

「ならば、時を貸しなせえ」

「明夕《みようせき》以降に仕上げると申されるならば、もはや研ぎの要もない」

小籐次が鞘に納め、

「稲村どの、明日の昼過ぎまでにお長屋に届けよう」

「赤目様、それがし、十分な研ぎ料を出せませぬ」

「承知仕った」

小籐次が鎬造りの刀を布に包んだ。

三

その夜、小籐次は駿太郎を寝かせると徹夜をした。

刀を一夜で研ぎ上げようという企てには土台無理があった。

小籐次は実戦に使える刀の研ぎを心がけることにして、まず稲村右源太の刀の拵えを解き、仔細《しさい》に調べた。

無銘の剣は長年手入れもされることなく塗りの剝げた黒鞘の中に放置されてあった。そのせいでうっすらと錆が浮いていた。柄から目釘を抜くのも刀身から鎺を外すのも苦労した。

刀は刀身を保護するために朴《ほお》で作られた白鞘で保管される。白鞘は、

「油鞘」

とも、

「休鞘」

とも呼ばれ、朴の木が刀身に適度な呼吸をさせて、休ませてくれるのだ。だが、塗りのかけられた鞘の中では刀は呼吸ができなかった。

刀身を灯りに翳した。

稲村が、がたくり丸と称した刀は刃渡り二尺四寸、越前加賀辺りの名も知れぬ刀鍛冶が鍛造したものと思えた。

刀身自体はしっかりとした造りだった。

火鉢の薬缶《やかん》がちんちんとなり、行灯が小籐次の座す斜め前に置かれていた。

鳥居反《ぞり》の刀が描く曲線をしばし眺め続けた小籐次は、刀研ぎが刀に対面したときに考える手順を一切捨てた。

刀研ぎ師はそれぞれの刀が持つ反りの曲線、鍛えぬかれた地鉄《じがね》や刃文など特徴に合わせ、何日も何日もかけて丹念な研ぎを行う。大業物の場合、何カ月にも及ぶことがあった。

研ぎ師の仕事は刀鍛冶が叩いた槌《つち》の数を思い浮かべながら、鍛造されたときの美と精神を刀に再び注入することであった。

それには渾身《こんしん》込めた、

「膨大《ぼうだい》な時」

が要った。

小籐次はそのことを捨てた。

今一つ刀が有する、

「斬る、突く」

の機能を復活させることに重点を置くことにした。

小籐次は粗い目の砥石からきめ細かい砥石を三種使い、稲村の刀が持っていた本来の姿とかたちを大雑把《おおざっぱ》に整えた。

その作業ですでに二刻（四時間）は経ていた。

小籐次は額に搔いた汗を拭い、台所に行くと徳利から茶碗に一杯酒を注いで喉の渇きを癒した。

駿太郎は小籐次の仕事を思うてか、ぐっすりと眠り込んで目を覚まそうとはしなかった。

仕上げ砥に移り、地艶《じづや》砥の作業にかかった。地鉄の研ぎだが、これはざっと仕上げる程度で終えた。

小籐次は刀の光沢を与える拭いにかかった。微《こま》かい粉末の酸化鉄を丁子《ちょうじ》油に混ぜて、吉野紙で漉《こ》した液体で刀を拭った。

この鉄肌《かなはだ》拭いを終えた頃合、朝の気配がした。

（致し方あるまい）

と自らを得心させるように言った小籐次は本来の拵えに戻し、目釘をしっかりと打った。

狭い長屋に片膝を突いた小籐次は、稲村の刀を虚空に一度、二度と振り回し、具合を見た。

「これでよかろう」

最後に小籐次は一夜研ぎの刃に斜めに筋目を何本も入れてわざと荒らした。

戦国時代、武士の門前には砂が山盛りに積み上げてあったという。いざ鎌倉というとき、抜き身を砂に突き立ててわざと刃を荒らして戦場に出たという。荒れた刃は綺麗に研ぎ上げた刀よりよく斬れ、よく突けた。筋目を入れることでも同じ作用が生じた。


一刻後、小籐次は昼前に駒形堂の船着場に小舟を止めた。

駿太郎をおぶい、稲村の無銘の刀だけを提げ、小舟を捨てた。商売用の研ぎ道具は備前屋に預けてある。駿太郎を寝かせる藁籠も置いてきた。

備前屋に着くと、隠居の梅五郎が店先から首を長くして小籐次の来るのを待っていた。

「おお、来なすったか。稲村様の刀の研ぎはできたかい、やはり夜明かしをしたようだな」

と矢継ぎ早に聞いた。

「隠居、駿太郎を下ろすのを手伝うてくれぬか」

「おうさ」

小籐次が稲村の刀を上がり框に置くと、ねんねこの紐を解いた。すると、梅五郎が駿太郎を抱き取った。

「一夜研ぎゆえ、ちと遣《や》っ付《つ》けじゃ」

「致し方ございませぬよ。それにしても稲村の旦那、急に刀を研いでどうする気だろうねえ」

梅五郎の問いには答えず、身軽になった小籐次は、

「稲村どのの長屋はどちらかお教え願いたい」

「うちの奴に届けさせようか」

「いや、約定ゆえ、わしが届けよう」

小籐次の返答は梅五郎も付け入る隙がないほど毅然《きぜん》としていた。

「武蔵岩槻《いわつき》藩の上屋敷の北側、浅草福川町の明神長屋だ。福川町は狭《せ》めえ町内だ、すぐに分るよ」

「この足で参る。駿太郎を暫時お願い申す」

小籐次は備前屋を出ると、梅五郎らの無言の視線に送られて稲村の長屋に向った。

稲村と内儀は九尺二間の片割長屋で小籐次の来訪を待っていた。

いつもは板の間が稲村の仕事場のようだが、綺麗に片付いていた。よく乾燥させた竹が板の間の隅に何束も立てかけてあった。竿炙《さおあぶ》りの七輪、道具などから小籐次は竿師が内職仕事かと判断した。だが、本日は仕事をする気がないようで、狭い長屋がさっぱりと片付いていた。

稲村右源太も朝湯にでも入った様子で髭もさっぱりと当たっていた。そのせいか、昨日感じた年齢より若く見えた。

「おお、赤目様」

「お届けに参った」

小籐次は狭い土間に入り、後ろ手で腰高障子を閉めた。

「拝見願おう」

布包みの刀を差し出すと、稲村が両手を差し出しかけた。すると内儀が、

「おまえ様、赤目様にお上がり頂くのが先にございましょう」

と注意した。

「いかにもさようであった」

と内儀に答えた稲村が小籐次を板の間に招じ上げ、内儀が座布団を小籐次に差

し出した。

「邪魔致す」

小籐次は板の間の端に腰を落として座ると、ご検分をと布包みの刀を再び差し出した。

「拝見仕る」

稲村右源太が自らの刀を受け取り、布を手早く解くと刃を上に鞘から抜いた。

障子越しに透かし入る昼の光を受けて、研ぎ上げられた刃が鈍く光った。

稲村は、
じいっ
と食い入るように見詰めていた。刃を検分するというより刀に託す運命を思うてのことだと、小籐次は考えた。

「研ぎ上げた後、刃を荒らしてござる」

稲村が小籐次を見た。

「細々《こまごま》お心遣い恐縮至極にござる」

稲村が今一度刃に見入り、鞘に納めた。

「赤目様、あなたの親切に報いる研ぎ代じゃが、二分しか用意できなかった」

「そのようなことはどうでもよい」

と答えた小籐次が、

「稲村どの、仔細がおありのようだが、この赤目小籐次に話される気はないか。それがし、そなたの話を研ぎ代に充てたい」

と言った。

稲村が小籐次を正視し、その視線を内儀に移し、内儀が小さく頷いた。まだ手にしていた刀を鞘に納め、傍らに置いた稲村右源太が、

「事情を話しもせずに急に研ぎなど頼んだが、ただ今話しますゆえお許し頂きたい」

と姿勢を正した。

内儀も一緒に首肯《しゅこう》すると、茶の用意を始めた。

「それがしが仇討ちの志を胸に出羽亀田城下を離れたのは、今から十五年前の享和三年（一八〇三）春先、二十一歳でござった。わが父は亀田藩二万石の郡《こおり》奉行支配下在所方と申す三十七石という低き身分にございました」

外様《とざま》亀田藩は二万石、元和九年（一六二三）より岩城氏によって治められ、ただ今は七代伊予守隆喜《たかよし》が藩主を務めていた。

「そろそろ父が隠居し、それがしがその役を継ぐという話が出始めた頃合、亀田城下で寒鮒《かんぶな》釣りが流行《はや》りました。父も竿を手作りしたり、餌《えさ》に凝ったりと熱心だったようにございます。父の直属の上役は二十三歳の田村兵衛《ひょうえ》と申す御仁で、願《がん》立《りゅう》流の免許を得て、藩中でも五指に入る腕前の持ち主にございました。二人は誘い合わせ、父が手作りした竿を持ち、二人だけで寒鮒釣りに城下外れの沼に行きました。その日、釣果《ちょうか》なく寒さも募ったこともあり、持参した酒を酔いくらって口論になったようです。二人だけのことゆえ、残された父の亡骸の様子と対岸でやはり釣りをしていた人の話でしか、なにが起こったか推量できませぬ。ともあれ、二人は互いに刀を抜き合い、父は半分も年下の上役に斬り殺され、田村どのはその場から逐電したのです」

小籐次は瞑目して話を聞いていた。内儀が、

「茶請けもございませぬが」

と茶を差し出した。

小籐次は頷いただけで目を開けるふうもなく話の続きを催促した。

「それがしは藩目付役所に呼ばれ、首筋を一太刀《ひとたち》見事に斬られた父と対面致しました。なんという愚かなという考えしか、それがしの脳裏には浮かびませんでし

た。その次に、弔いをどうしたものかとざわついた頭を整理しておりますと、目付頭の井上田蔵《でんぞう》様が、こう申されました……」

「稲村右源太、相手の田村兵衛は逐電しおった。大方、馴染みの江戸辺りに逃げ込むものと思える。その方、武士ならばなにをなすべきか承知じゃな」

「はあ」

と稲村が目付頭を見た。

「弔いは見事仇を討った後に致せ。それがしを通して藩庁には仇討ちの願い、届ける。火急の場合ゆえ即刻願いは聞き届けられ、仇討ちご免状が下げ渡されよう」

「仇討ち」

稲村は思いもかけない言葉に呆然とした。

「相手の田村は願立流の免許皆伝者じゃが、そなた、剣の心得はあろうな。亀田藩の名を汚《けが》すことだけは致すでないぞ」

稲村は城下の道場で一刀流をかじった自らの腕前をその場で口にすることなど叶わなかった。

慌《あわただ》しくも仇討ちご免状を懐に入れ、父と田村が喧嘩に及んだ一昼夜後には江戸に向って旅立っていた。

「……茫々《ぼうぼう》十五年。あっという間のようであり、長くもあったように思います」

と稲村が言った。

小籐次は目を開くと茶碗を摑んだ。

「それがしは亀田城下を出ると、一気に江戸へと向いました。それに対して田村どのは北陸路を越後、加賀、若狭《わかさ》と下り、上方に滞在した後、西国路へ武者修行の歳月を過ごしていたようにございます。なにしろ田村家はそれなりに裕福、親戚筋も藩の重臣でござれば、路銀には不自由致しませぬ。一方、江戸に出たそれがしは、江戸屋敷に挨拶をなし、かたちばかり田村どのを探す真似事をしておりました。いえ、赤目様、私には最初から父の仇を討とうなどという望みはかけらもございませんでした。闘争の経緯が経緯、相手の田村どのとの剣の技も雲泥です。父の二の舞で返り討ちにあうのだけはご免と思うておりました。そこで江戸に出てきた当初こそあちらこちら田村どのを探す体で歩き回り、時に江戸屋敷を訪ねて、近況を報告したりしました。江戸屋敷でも最初こそ真剣に受け止めてくれておりましたが、半年一年と過ぎるうちに、それがしがなぜ屋敷に訪ねてくるのか、知らぬ家臣方も現れ、それがしも段々と足が遠のき、江戸で生計《たつき》を立てることに腐心致すことに相なり申した」

「当然にござろうな」

小籐次は茶を啜り、答えていた。

「江戸に出て、二、三年もした頃、深川で偶々竿師の前を通り、つい声をかけたのが縁で名人の竿勘に弟子入りし、今では竿右と申す名で竿を作る生業を身につけたのです。いえ、師匠の名人の名を汚さない程度の内職技でござる」

と稲村は正直に告白した。

「苦労なされたな」

「今から五、六年前のことです。偶にはと出来心で小石川御門近くの江戸藩邸を訪ねました。すると、そこで田村兵衛どのが西国の武者修行を終えて江戸入りしているという話を聞かされました。いえ、藩屋敷ではそれがしに仇討ちをとけしかけたわけではありません。もはや、過ぎたこととして穏便に済ませたいという思いが江戸屋敷に定着しておりました。それがし、田村どのが江戸に戻った裏には、藩との内々の約定があってのことと推量しておりました。先ほども申しましたが、田村どのの縁戚には藩の主立った役職を務めるお方がございますゆえに、改めて騒ぎなどご免というお気持ちだったのでございましょう。その帰り道、偶然におさんと顔を合わせたのです。お堀端のことでござった」

と稲村は内儀を見た。

「おさんは亀田藩の台所女中として奉公し、なんとなくそれがしの境遇を承知していたようです。それで声をかけてくれたのです。そのことがきっかけでわれらはしばしば会うようになり、数カ月後、屋敷奉公を辞めたおさんがこの明神長屋に参り、夫婦の暮らしを始めました。貧しゅうはございましたが、幸せな日々にございました」

稲村は言い切った。

「いかにもさようでござろう」

九尺二間の畳の間も綺麗に片付いていた。それが稲村右源太とおさんの落ち着いた暮らしぶりを示していた。

「剣を研ぎに出さねばならん事態が、なぜ急に生じたのか」

小籐次は核心の問いを重ねた。

「四日前のことです。われらが町内の湯屋に参り、長屋に戻ってくると、田村兵衛どのが差出人の書状が投込まれておりました」

「文にはなんと」

「亡父稲村静五郎と争いし理由は双方にある。それがし、永年の回国修行の果てに江戸に辿り着き、稲村静五郎どのの嫡男右源太どのが仇を討たんと日夜、江戸を探し回っておられることを知り、痛ましく思い、尋常な場を設けて、そなたの望みを果たすことを覚悟致した、とそんなふうな書状にございました」

「仇討ちの相手から戦いを申し込んできたか。なんぞ裏がありそうな」

「おさんが昔の知り合いを辿り、亀田藩江戸屋敷の内状を調べて参りました。それによれば、田村どのには藩剣術指南の就任話が持ち上がっているとか。そのためにはそれがしとの決着をつけ、すっきりとして藩に復帰したい思いがあるそうな」

「いかにも江戸で暮らした奉公人が考えそうな話かな」

と小籐次は言うと、残った茶を喫した。

「稲村どの、田村某はそなたとの戦いの場をどこに指定しましたな」

「亀田藩下屋敷は本所亀戸《かめいど》村五つ目にござるが、屋敷内の稲荷社の前にござる」

「五つ目の下屋敷とはまた考えおったな」

竪川《たてかわ》は大川から一つ目、二つ目と橋が架かっていた。本所外れの五つ目には橋もなく渡し場だけだった。そんな辺鄙《へんぴ》な下屋敷に稲村を呼んで、始末をつけようという魂胆《こんたん》が知れた。

四

長い沈黙の後、小籐次が口を開き、

「そなた、この仇討ち、受けられるのじゃな」

と念を押した。

「馬鹿馬鹿しき話とは承知しており申す」

という返答に、

「おまえ様」

とおさんが声をかけた。それに頷き返した稲村が、

「それがし、おさんと出会い、身相応の幸せを摑んだと思うております。ですが、此度、田村どのから書状をもらい、父の死はなんであったか、それがしの生涯は

どのようなものかと思うたとき、敵わぬまでも初心に戻り、田村兵衛に仇討ちを果たしてみようと考え直したのです」

「おまえ様、相手は藩の剣術指南に就こうという腕前、おまえ様は十年以上も木刀一つお握りになったことはございますまい」

「ない」

と内儀の問いに答えた稲村が、

「おさん、それがしがこの書状を無視し、どこぞに逃げたとせよ。今度は田村どのがそれがしを追ってくることは必定である。田村どのは是が非でもこの稲村右源太を始末して、藩剣術指南の役目に就く所存なのだ。受けようと逃げようと田村どのを相手にせねばならんことは明白だ。なれば、父の仇を討つ道を選ぼうと考え、赤目様に研ぎを頼んだのだ」

おさんがなにかを言いかけたが、言葉を止めた。

「戦いの刻限は」

「今晩九つ（午前零時）」

「稲村右源太どの、存分に戦いなされ。不肖《ふしょう》、赤目小籐次がそなたの後見役で従う」

「な、なんと赤目小籐次様がそれがしの後見に就かれる」

小籐次が静かに頷き、

「そなた、竿師と申されたな」

「いかにも、それが生計《たつき》にござる」

「その仕事ぶり、見せてくれぬか」

「ただ今でございますか」

稲村が訝しげな顔で聞き、小籐次が頷いた。

片付けられてあった板の間に仕事道具が配置され、竿を真っ直ぐに伸ばすために竹を炙る七輪にも楢《なら》炭火が入った。

「承知いたした」

稲村右源太は胡坐《あぐら》を搔いた構えで乾燥させた竹を火の上で回しながら、炙った。そうしておいて斜めに切り込みを入れた桜材の矯木《ためぎ》に炙った箇所を入れて、片目を瞑《つぶ》りながら竹の曲がりを真っ直ぐに修正していった。

稲村が今、手にした竹は三本継ぎ竿の一本目、三尺ほどの長さか。微《かす》かな狂いもないように曲がりを読み取り、伸ばしていく。

「曲がりを知るために、どこを見ておられる」

「竿師によって様々の伝授がござろう。それがしの師匠は、目は曲がりの箇所ではのうて、先端を見よと教えてくれました」

「三尺の竿の先端を見よとな」

「曲がったと思える箇所を見ても曲がり具合は分りませぬ。全体を見ることで曲がりが分ると申されるのです」

「例えば、三尺の竿をそれがしが数分《すうぶ》短く切ったとします。お分りか」

「赤目様、それは直ぐに分ります。長年、目で見て手に計っておりますと一分《いちぶ》の狂いも見分けられるものです」

「相分った」

小籐次は稲村の仕事を止めさせ、道具を片付けさせた。

小籐次が研ぎ上げた稲村の刀は刃渡り二尺四分、柄は六寸六分、全長三尺六分であった。ほぼ竿の一本目と一緒だ。

「今一度、刀を抜いてみて下され」

稲村右源太が素直に小籐次の言葉に従い、剣を抜いた。

「それをな、竿の曲がりを直す構えに持ってご覧なされ」

稲村が逆手に柄を持ち、切っ先を寝かせた。

「切っ先が重うござろう。物打《ものうち》下の峰に左手を添えて切っ先をご覧なされ」

稲村が小籐次の命に従った。

「切っ先はほぼ竿と同じ三尺先にござろうな」

「竹と刃、勝手が違いますが、ほぼ三尺先の先端は同じでしょうな」

「構えた刀を手前に引かれよ」

「目が離れます」

「構わぬ。そなたの長年の目が三尺先の先端は覚えていよう」

稲村が両手に構えた剣を肩口まで引いた。形が決ったところで小籐次が命じた。

「いつも曲がりを直す形にまで突き出してみなされ」

「こうですか」

稲村が刀を元の位置に戻した。

「見事かな。一分の狂いもござらぬな」

と褒《ほ》めた小籐次が、

「今度は引いた位置から手早く突き出してみられよ」

稲村が何度か刀をゆっくりと往復させていたが、
はっ

と自ら気合いを入れて、前方へと突き出した。

切っ先が鮮やかにいつも曲がりを見る構えで突き出され、決った。

「よいよい。見事なものじゃあ」

とさらに褒め上げた小籐次は、上がり框に脱いでいた破れ笠を片手に取った。

「立たれよ」

小籐次は稲村を立たせ、半身に構えさせた。

小籐次は破れ笠を虚空の一角、竿の先端の位置に突き出した。

「今度はこの笠を切っ先で突き通す覚悟で突き出してみなされ」

「承知仕った」

稲村が再び気合いを入れて刀を突き出した。切っ先が破れ笠に届いたが、触っただけだ。

「普段止めておられるゆえな、切っ先が的にぴたりと触りおる。突き通す覚悟で突き出しなされ」

「はっ」

稲村は自らも踏み込む構えで剣を突き出した。すると、切っ先が破れ笠に突き立った。

「その意気じゃぞ。今度は笠を前後に動かすでな、それを突き通してみなされ」

「こうですか」

稲村が切っ先を突き出したが、小籐次の破れ笠が奥に引かれ、かすりもしなかった。

「稲村どの、そなたは頭で笠の動きを追っておられる。そなたには長年培《つちか》ってきた目がござろう。目と手の勘に任せて刀を突き出しなされ」

小籐次は剣術家田村兵衛相手に稲村右源太が勝ちを収めるとは考えてもいなかった。だが、戦い方はあると考え、稲村右源太が生計にしてきた竿造りの技を利用しようとしていた。

稲村は竿の曲がりを直すために膨大な時間を費やしてきたのだ。その作業の手順や構えは稲村の五体が熟知していた。それならば田村兵衛の剣の技に怯えることなく戦えると思ったのだ。自らの世界の経験を借りて、奇跡を起こさせようとしていた。

その夕暮れ前、芝口新町の新兵衛長屋に戻った小籐次は駿太郎を連れて町内の湯屋に行き、綺麗に湯浴みさせた。

その帰り、新兵衛の家に立ち寄った小籐次は、お麻に駿太郎を一晩預かってくれるように頼んだ。

長屋に独り戻った小籐次は徳利に残っていた酒三合を飲み干すと、眠りに就いた。

小籐次の高鼾が止んだのは四つ（午後十時）過ぎのことだった。

小籐次は孫六兼元と脇差を差し落とし、竹とんぼを差し込んだ破れ笠を被り、足袋職人の円太郎親方が小籐次のために仕立てた革足袋を履くと、長屋を出て、井戸で桶の水を飲み干した。そうしておいて、堀留に舫った小舟に飛び乗った。

稲村右源太、おさんの夫婦は竪川の一つ目之橋の上で小籐次の小舟を待ち受けていた。

「待たれたか」

「四半刻です」

「内儀どのだけ小舟に乗り込まれよ」

訝しげな顔の稲村に、

「寒さで体が強張《こわば》っておろう。そなたは河岸道をな、五体を存分に動かしながら歩いていかれよ」

小籐次の言葉に稲村が頷き、おさんが小舟に乗り込んだ。

小籐次はゆっくりと櫓を漕いだ。

河岸道では稲村が両腕を振り回し、体をくねくねと動かして寒さに固まった筋肉を解《ほぐ》しながら歩いていく。

おさんは黙って亭主の行動を見詰めていた。

一つ目之橋から二つ目、三つ目、さらに新辻橋を過ぎ、稲村の体解しは続けられた。

横川を過ぎると、寒さが一段と増した。

稲村の動きが激しくなった。

四つ目之橋から南十間川に架かる旅所橋を渡り、ついに五つ目の渡し場を過ぎた。すると、中ノ郷五之橋町と亀戸村に挟まれて、近江仁正寺《にしょうじ》藩と亀田藩と、二つの外様小藩の下屋敷が並んでいた。

小籐次は小舟を仁正寺藩の船着場に舫うと、

「内儀、そなたはここでお待ちあれ」

と命じた。

おさんはただ頷いた。

小籐次は用意してきた徳利と竹竿を提げると河岸道に上がった。荒い息を弾ませた稲村が到着した。

仁正寺藩の下屋敷はひっそりとして眠りに就いていたが、一町先の亀田藩は夜空を焦がして篝火《かがりび》が燃え上がっていた。

「稲村どの、しばし呼吸《いき》を整えなされ」

「はっ」

小籐次は竹竿を河岸道に生えた柳に立てかけると、徳利の栓を口で抜き、口飲みで悠然と飲んだ。しばらくすると稲村の弾む息遣いが鎮まった。

「飲みなされ」

「それがし、酒はよう嗜《たしな》みませぬ」

「本日は格別じゃ。まあ、酔いどれ小籐次の申すことを信じて、一口二口飲みなされ」

「はっ」

と稲村が徳利を抱えると、酒を口に含み、喉をむせさせた。それでも数口は飲んだようだ。

小籐次は脇差を抜くと、竹竿を七尺の長さに、

すぱっ
と切った。

「参ろうか」

「なんぞ戦いに際し、心得がございましょうか」

「勝ち負けは時の運、考えぬことだ。ただ一太刀、そなたの積年の思いを相手の田村兵衛にぶつけなされ。ただしじゃ、剣の戦いに落ちてはならぬ。稲村どのは普段、竹竿の曲がりを直してきた目と手の勘を信じて、いつものな、仕事をすることだ」

しばし小籐次の言葉を吟味していた稲村が、

「畏《かしこ》まりました」

と答えた。

徳利を提げた稲村と竹竿を持った小籐次が開け放たれた亀田藩下屋敷の門前に立つと、見張りの者がばたばたと奥へ駆け込んだ。

「稲荷社に案内されよ」

小籐次の言葉に、先に門を潜った稲村が左手の庭の奥を指した。

赤々と篝火が燃えて、すべてお膳立てが整っていることが分った。

戦いの場には白砂が撒かれ、検分役か田村の助勢か、十数人の武士たちがいた。

その中央の床机《しょうぎ》にどっかと大兵が座していた。白の鉢巻、白の襷掛けで戦いの仕度を整えていた。

「田村兵衛どの、稲村右源太にござる」

稲村の呼びかけに田村が、

「助勢を連れて参ったか」

と尋ね返した。

「それがしの検分役にござる」

「われら、同じ亀田藩に縁の者である。他人の介添など無用であろう」

「田村どの、そなた、それがしを返り討ちにして亀田藩の剣術指南に就かれる所存か」

「承知か」

と答えた田村が立ち上がり、

「致し方ないわ。その方ら、検分の爺を始末致せ」

と門弟か、十数人の男たちに命じた。

田村の命に一斉《いっせい》に剣が抜き放たれた。

その動きの機先を制した小籐次が、竹竿を手に半円に囲もうとした門弟の群れに飛び込み、竿を一突き二突き三突きと目にも止まらぬ速さで振るった。

だれも来島水軍流の竿突きに抗しきれた者はなく、尻餅をつくようにその場にばたばたと倒された。

「爺、何者か」

田村が大喝した。

「赤目小籐次、またの名を酔いどれ小籐次と申す。縁あって稲村右源太どのの検分役を務める」

矮軀が仁王立ちになり、辺りを睥睨《へいげい》した。その途端、五尺の体が何倍にも大きく見えた。

「御鑓拝借の赤目小籐次か」

亀田藩の重臣らしき人物が呆然と訊いた。

「いかにも、その赤目にござる」

赤目小籐次の返答に、その場が凍てついたように沈黙した。

「稲村どの、存分に竹竿造りの仕事をなされ。よいか、勝負は二の次、一の太刀を負わせる覚悟でな、踏み込みなされ。そなたの骨はこの赤目小籐次が拾ってやる」

「お願い申す」

稲村は小籐次が一夜研ぎに整えた刀を抜くと、竹の曲がりを直すように半身に構えて、物打の下の峰に左手を添え、片目を瞑った。

奇妙な構えに、

「おのれ！　田村兵衛を愚弄《ぐろう》致すか」

と吐き捨てた田村が床机を後ろに蹴り倒し、大剣を抜くと上段に振り被った。

稲村が自ら間合いを詰めた。

身を切らせて骨を断つ覚悟の構えだ。

田村もまた間合いを詰めた。

稲村が竿の曲がりを直す構えから後ろへと引いた。

小籐次の手が破れ笠にかかり、竹とんぼを抓《つま》むと捻りを入れて飛ばした。

田村が一刀両断の構えで踏み込んだ。

ぶうーん
その鼻先を竹とんぼが舞い過ぎ、一瞬、田村がそちらに視線を送った。

「今じゃ」

小籐次の言葉の前に稲村が決死の覚悟で踏み出し、竿の曲がりを直す構えに突き出した。

田村が一旦止めた振り下ろしを再開しようとした。だが、一瞬早く稲村の竿直しの突きが喉仏を押し潰すように突き立った。

げえぇっ！

田村の巨体が立ち竦み、稲村の突き出した切っ先がなんと項《うなじ》に抜けた。

稲村が竿を引くように刀を戻した。

すると、よろよろとよろめいた田村の足が縺《もつ》れて、

どたり

と横倒しに倒れ込んだ。

「見事に本懐を果たされたな。検分役、酔いどれ小籐次、確かに見届けたり！」

小籐次の声が亀田藩下屋敷に響き渡った。

だが、亀田藩の家臣からはなんの声も洩れなかった。

帰りの小舟の中で、稲村右源太が懐から出した古びた仇討ちご免状を細かく千切り、水に捨てるのを小籐次は見ていた。

「仇を討たれたのだ。亀田藩に復帰が叶おう」

「赤目様、おさんとも話し合いましたが、われら、今後とも江戸の片隅で釣竿を造って暮らしていきます」

と答えた稲村が、

「のう、おさん」

と確かめ、

「はい」

と、おさんの嬉しさを隠して答える声が暗い竪川に響いた。

第四章　冬の長雨

一

新兵衛長屋の板屋根を叩いて、珍しくも雨が降った。

小春日和が続いたので、乾いた江戸の町に染み込むような降りだった。

小籐次は寝床の中で、駿太郎に話しかけた。

「仕事は休みじゃぞ」

駿太郎は激しい雨音にも拘わらず眠っていた。

「小便をして参る。大人しく寝ておれよ」

小籐次は寝床を出ると、土間に立てかけてあった番傘を摑んだ。戸を開き、番傘を突き出して、開いた。すると、埃《ほこり》を被っていた番傘に雨が当たって一気に濡らした。溝板を踏みながら厠に行き、用を足した。その間も雨は番傘を叩き、肩を濡らした。

小籐次は堀留につないだ小舟を見にいった。

激しい雨を飲み込めなくなった庭の水が長屋の石垣の上から流れ込み、堀留に落ちていた。まだ暗く水面が見えなかったが、激しい水勢のようだ。

小籐次は小舟を舫った綱を確かめた。綱がぴーんと張るほどに伸びていた。

雨に濡れるのも構わず小舟に飛び込み、櫓をしっかりと舟に結びつけ、新たな綱で舳先から別の杭に結び付けた。これで小舟は二本の綱で舫われたことになる。

小舟は流れる心配はなくなったが、小籐次は全身がずぶ濡れになっていた。

「赤目の旦那か」

勝五郎の声がして、小籐次が小舟から這い上がろうという姿を見下ろし、

「凄《すご》い雨だねえ、板屋根の間から染みてきそうだぜ。そのうち雨漏りがするぜ」

と言うと、小籐次の手をとって小舟から上がるのを助けてくれた。

「造作をかけた」

「雨は欲しいところだが、長雨になるのは困りものだぜ」

「居職の勝五郎さんはよいが、こちらは上がったりだ」

「久慈屋の店先で仕事をさせてもらうんだねえ。早く着替えねえと風邪を引くぜ」

勝五郎に言われるまでもなく、小籐次は番傘を傾けて長屋に走り、傘を窄《すぼ》めて土間に飛び込んだ。

ふうっ

手拭で顔と頭を拭き、濡れた寝巻きを土間に脱ぎ捨てた。下帯一つの小籐次は寝巻きを丸めてそれで体じゅうを拭い、板の間に上がり、行灯に灯りを点した。

ぼおっ

と光が点ると、板屋根に水が染み込んでいるのが見えた。勝五郎の言葉を待つまでもなく雨漏りがしそうだ。

小籐次は素肌に普段着の袷を引っ掛け、帯を巻き付けた。

小籐次がふと駿太郎を見ると、もぞもぞと寝床で体を動かしていた。

「おむつが濡れたか。替えてやろうかえ」

おしめを包み込んだ風呂敷包みを引き寄せると、濡れて気持ち悪くなったおしめを乾いたものに取り替えた。すると駿太郎がご機嫌で、

あぶあぶ

と分らぬことを言い、小さな手を開いたり、閉じたりした。

勝五郎の長屋でも何事か話しているようだが、雨音に掻き消されて聞こえなかった。

駿太郎を再び寝床に寝かせると、板の間から徳利と丼を抱えてきた。

「仕事は休みゆえ、贅沢させてもらおう」

駿太郎に言い訳すると、徳利からたっぷりと丼に酒を注ぎ、雨音を聞きながら嘗めるように酒を飲んだ。

雨に濡れた体が温まってきた。

「駿太郎、朝酒を飲んで二度寝じゃあ。これ以上の贅沢はないぞ」

小籐次は駿太郎を抱いて再び眠りに就いた。

人声に小籐次は目を覚ました。雨音は先ほどより和《やわ》らいでいた。

腰高障子が白んでいた。

駿太郎は目を覚ましていた。

「起きておったか」

小籐次は駿太郎を片手に抱くと、板の間を膝で這い、土間に下りた。土間に立てかけた番傘から落ちた水で土間に小さな水溜りができていた。

戸を開き、番傘を差すと顔を突き出し、声がした方を見た。

長屋の住人たちが夜が明けた入堀を叩く雨を見ていた。

小籐次は駿太郎が濡れぬように番傘を傾け、堀留の岸に行った。

いつもより一尺以上も水位が高いのが確かめられた。だが、雨のせいでいつも漂っている塵芥が見えず、濁った水が御堀へ、さらには築地川、江戸の内海へと走り流れていた。

小籐次は大事な商売の足、小舟を確かめた。二本の綱に舫われた小舟は、ごつんごつんと水流に押され、石垣に音を立てながらもちゃんとあった。

「舟底に水がだいぶ溜まったな」

小籐次の声に、

「この分だとよ、水に浸かる長屋が出るぜ」

と勝五郎が言った。

「おまえさん、うちは大丈夫かねえ」

女房のおきみが亭主に聞いた。

「新兵衛長屋はこの界隈では土台がしっかりしてらあ。石垣も積んでよ、まず庭まで水が入ることはあるめえ。芝口新町の長屋の大半はうちより二尺から三尺は低いからな、やばいぜ」

と呟いた。

「先ほどより、だいぶ小降りに変わったようだがな」

「旦那、油断はならねえ。また本降りになる」

と勝五郎が空を見上げ、

「なんにしても酔いどれ様の研ぎ仕事は休みだな」

とご託宣した。

「こんな日があってもよかろう」

小籐次はそう答えながら、入堀の水面を再び見た。腕に抱いた駿太郎も見ていたからだ。大粒の雨が水面を叩くと、大きな飛沫が上がり、跳ねた。駿太郎にはそれが面白いらしい。

木戸口に人の気配がして、小籐次らが振り向くと、菅笠に蓑《みの》を着けた久慈屋の小僧の国三が入ってきた。

「国三さん、この雨の中、なんじゃな」

「大番頭さんが赤目様にさ、暇なれば、本日はうちで道具の手入れをして下さいとの言付けです」

「それは構わぬが」

「道具は私が運びますよ」

どうやら菅笠、蓑はそのための身仕度らしい。

「ちと待ちなされ、国三さん」

と小籐次が長屋に戻りかけようとすると、勝五郎が、

「酔いどれの旦那は雨の日もお呼びがかかってよ、仕事だと。一日のんびりしようとしていた身にはつらいもんがあるな」

と囁いた。

「勝五郎どの、仕事があるうちが花じゃぞ」

長屋に戻った小籐次は、寝床に駿太郎を一旦寝かせ、身仕度をした。裁《た》っ付《つ》け袴《ばかま》を穿《は》き、腰に孫六兼元と脇差を差し落とし、背に駿太郎をおぶい、さらにねんねこを着込んだ。

「赤目様、桶ごと持っていけばいいんですね」

と土間で国三が言う。

「そういうことだ」

土間に下りた小籐次は小脇に寝籠を抱え、用意はなった。すでに国三は木戸口

にいた。

「勝五郎どの、おきみさん、行って参る」

「せいぜい稼いできな」

勝五郎の声に送り出され、新兵衛長屋を出た。

赤坂溜池から流れ来る御堀の水位も普段より随分と高く、茶褐色に濁った水を海へ海へと流していた。

「猫の死骸が流れていくぞ」

と芝口橋の上から国三が流れを見下ろして叫んだ。

東海道もさすがに普段の往来はない。

材木を積んだ大八車が車輪を泥濘《ぬかるみ》にとられながらも、蓑笠の人足らが黙々と品川方面へと運んでいくくらいだ。

久慈屋の船着場では荷船がすべて河岸に上げられ、風に飛ばないように綱で結わえつけられていた。むろん水上に船の姿はない。

「久慈屋どのの商売も上がったりじゃな」

「赤目様、紙問屋の大敵は湿気です。こんな日には急ぎでなければ品は動かしませんよ」

小僧の返答もどこかのんびりしていた。

久慈屋の表戸も半分だけ開かれていた。その代わり、板の間や帳場格子には灯りが点されていた。それが、いつもとは違う店の雰囲気を醸《かも》していた。

「おや、参られましたな」

観右衛門が小籐次らを迎えた。

「久しぶりの雨。大雨にさえならなければ歓迎ですがな」

「さようさよう。表もさっぱりと洗い流されましたが、うちは半ば開店休業、こういう日は蔵の整理なんぞをやりますのじゃ」

と観右衛門が言い、

「赤目様、朝餉はどうなされた」

とそのことを気にした。

「雨ゆえ、二度寝をして起きたところです」

「ならば、まず台所に行きましょうかな」

道具を運んできた国三は蓑と笠を脱いで土間の一角に小籐次の仕事場を設えてくれていた。

「国三どの、恐縮じゃな」

小籐次は店を避《よ》けて三和土廊下から台所に向った。すると、台所では女衆が朝餉の膳を片付けているところだった。

「おまつさん、赤目様はまだ朝餉も食しておらぬそうな。なんぞ用意してくれませんかな」

と通いの女中頭に大番頭が命じた。

「赤ん坊の世話が忙しゅうて朝飯も食べられぬか、酔いどれ様はよ」

とねんねこ姿の小籐次を振り向き、

「段々と板についてきたな、おまえ様」

と笑った。

「おまつさんに褒められて、嬉しいのやら哀しいのやら」

「まんず駿太郎様をこっちにかしなされ」

背におぶった駿太郎が抱き取られ、おまつの手から女衆の手に渡り、駿太郎の笑い声が久慈屋の台所に響いた。

「赤目様、味噌汁を温め直すで、ちいとばっかり大番頭さんと無駄話をしていなされよ」

とおまつに言われ、広い板の間に上がった。

すでに観右衛門は大黒柱の下の火鉢が置かれた定席にでーんと座していた。店も台所も久しぶりの雨になんとなく気を緩めているようだった。

観右衛門自ら鉄瓶から急須に湯を注いで茶を淹れていた。

「赤目様、なんぞ異変はございませんか」

と観右衛門が小出家の動きを訊いた。

「そちらは静かでしたな」

「そちらはと申されると、他になんぞございましたか」

観右衛門が勘よく小籐次の言葉尻を捕らえた。

久慈屋の板の間には女衆が朝から何基もの竈《かまど》に火を入れていたせいで、なんとも心地よいほどの温もりがあった。

「仇討ちの手伝いを致しました」

「なんと仰られましたな。仇討ちの手伝い、私は一向に存じませぬぞ」

「いえ、読売が書き立てるような派手派手しい仇討ちではございませんでな」

と前置きした小籐次は、出羽亀田藩に関わる仇討ち話の一部始終を観右衛門に話して聞かせた。

「驚いた、驚きましたぞ」

と眼鏡をかけた目玉を大きく見開き、小籐次を見た。

「文政の御世《みよ》に仇討ちなど滅多《めった》に聞かぬからな。それも仇を討たれるほうがお膳立てをしおった」

「いつの世も勝手な話があるものです」

と苦々しく吐き捨てた観右衛門が、

「今頃、岩城家では思いもかけぬ赤目小籐次様の出馬に震え上がっておりますぞ。これが読売にでも書かれた日には、大目付が亀田藩の江戸家老を呼び付けて仔細を問い質すこともあり得ますでな」

「稲村どのはもはや帰藩は考えぬとのこと、市井《しせい》で密やかに暮らしを立てると申されておったからな。亀田藩が動かぬ以上、決着が付いたということじゃ」

「亀田藩にとって赤目様は救いの神ですぞ」

「さて、どうか」

「小出家も動きなしですな」

「この所、身辺静かにござる」

「なによりです」

おまつが膳を運んできた。

丸干しのうるめ鰯におから、豆腐の味噌汁にご飯だった。

「思い掛けなくも朝から温かいご飯を頂戴できるとは雨のお蔭かのう。おまつさん、馳走に相なる」

小籐次は箸を取り上げた。

久慈屋の裏庭に降る雨が再び激しさを増したようだ、勝五郎の推測が当たったことになる。

「長雨は紙問屋に大敵、適度なお湿りで止めてくれぬものかな」

と観右衛門が雨音に耳を傾けた。


朝餉の後、小籐次は広々とした店の土間の一角の研ぎ場で久慈屋の道具を研ぎながら、東海道の路面を叩く雨を時折見た。

何本目の刃物か、長刃を水に浸したとき、目の前が暗くなった。顔を上げると女用の権門《けんもん》駕籠が停《とま》っていた。

駕籠の屋根に当たった雨が小籐次の顔に降りかかった。

担ぎ手の轎夫《きょうふ》は二人だ。その者たちが駕籠を下ろし、その場から遠くへ離れた。

中から小籐次を観察する目があった。

小籐次も言葉を発しない。相手の出方を待った。

「赤目小籐次とはその方か」

老女の声が問うた。上方訛《なま》りだ。無知と横柄《おうへい》を声音に漂わしていた。

「いかにも赤目小籐次にござる。どなたにござるな」

しばし沈黙があった。

「篠山藩筋目小出家老女東雲《しののめ》じゃあ」

高みから威張《いば》った声が応じた。

「用件を伺おう」

「その方、駿太郎と申す赤子を育てておるな」

「いかにも育てておる」

「そなたと子は血の繋がりはあるまいが」

「ちと仔細があって、それがしの子と致した」

「してその仔細とは」

「小出お英どのの使いと考えてよいか」

また沈黙があった。

「東雲とやら、正直にならんとこちらも答えられぬ」

「いかにもお英様の意を受けての使いじゃあ」

「ならば、お英どのに伝えよ。それがし、須藤平八郎どのより駿太郎養育を直に頼まれたとな。それも生死のやり取りを前にした約定であった。徒《あだ》や疎《おろそ》かに違《たが》えるわけにはいかん」

小籐次は須藤平八郎との出会いと戦いをすべて克明に告げた。

話を聞き終えた東雲は沈黙の後、

「やはり須藤どのはもはやこの世の者ではなかったか」

と呟いた。

「子連れで生計《たつき》を立てるのはなかなか難しい。須藤どのは悩んだ末に、それがしの暗殺を引き受けられたと思える」

「お労《いたわ》しや、お英様」

駕籠の中からこの呟きが洩れた。

「東雲、お英どのの意向あらば伝えよ」

「駿太郎どのを頂戴して参ろう、赤目小籐次」

「渡さぬわけではない。じゃが、お英どのが、それがしに礼儀と情理を尽くしたうえのことだ」

「金子か」

小籐次がけらけらと笑った。

「東雲とやら、見くびるでない。店頭で研ぎ仕事をしていようと、侍の矜持《きょうじ》を忘れたことはない。小出家が青山一族の筋目とは申せ、赤目小籐次には通じぬ。御鑓拝借の酔いどれ小籐次の異名を知らずば、改めて調べて出直して参れ」

返答はなかった。

「去《い》ね。仕事の邪魔じゃ」

無言の間があって、轎夫を呼ぶ声が駕籠から響いた。

二

小籐次は成り行きをじいっと見ていた観右衛門に声をかけた。

「国三どのをお借りしてもよいか」

「どうなさる」

「女狐《めぎつね》がどこに住んでおるのかと尾行するだけにござる。この雨の中、あの乗り物では見失いもすまいし、連れはないと見た。危険はござるまい」

話を聞いた観右衛門が頷く前に、国三が笠を被り、蓑を着けて大番頭の許しを待った。

「よいか、国三。あとをつけてどこに住まいしておるか、確かめるだけですぞ。無理は絶対に許しませぬ」

「大番頭さん、大丈夫ですって」

と張り切った国三が大雨の中、飛び出していった。

小籐次は黙々と仕事を続けた。

国三はなかなか戻らなかった。

昼餉の刻限が過ぎ、九つ半（午後一時）になった。小籐次は小僧に頼むのではなかったかと案じ始めた。

国三が蓑から雨を滴《したた》らせて戻ってきたのは、八つ半（午後三時）の刻限、店を飛び出して二刻（四時間）も後のことだ。

「赤目様、大番頭さん、分りましたよ」

国三の声が雨の音に抗して久慈屋の店先に響き渡った。

「ご苦労であったな」

小籐次がようやく緊張を解いた声で労った。

「国三、笠と蓑を脱いでな、着替えなされ。話は台所で聞きましょう」

と優しく観右衛門が命じ、小籐次に目で合図した。

台所には女衆が夕餉の仕度をする傍らに駿太郎が眠る藁籠があって、国三の昼餉の膳だけが残っていた。

「おまつ、国三が戻ってきましたでな。饂飩《うどん》を温め、生卵でも落として下されよ」

と観右衛門が言ったとき、国三が顔に興奮を漂わせて台所に姿を見せた。

髷《まげ》も鬢《びん》も濡れて光っていた。それが小僧の冒険を示していた。

「国三さん、難儀なことを頼んだな。相すまぬ」

「いえ、お店の仕事より面白かったですよ」

と答え、

「いえ、奉公がつまらないというわけではありません、大番頭さん」

と慌てて言い訳した。

「まずはあの乗り物、どこに向ったか、赤目様に話しなされ」

「上野のお山から大川に向って、新寺町通りが抜けてますよね。あの老女様が戻ったのは、その新寺町の南側、永住町の観蔵院という小さな寺でした」

「上野の新寺町界隈まで引き回されましたか、遅くなるはずじゃ」

と観右衛門が得心し、

「寺の離れかなにかを借り受けて住んでおりましたか」

「大番頭さん、そうなんです。あの老女の東雲さんと小出お英様の二人、半月以上も前からいるそうです」

「女二人、江戸は初めてでしょうに、ようも永住町に住まいを見つけましたな」

「そこですよ」

と国三が胸を反らして小鼻を蠢《うごめ》かした。

「あの乗り物ですが、あの界隈の旗本屋敷が駕夫《かごかき》ごと貸し出したものでした。東雲さんを離れに送るとお金をもらってすぐに寺を出ていきました。それでついていくと、近くの門前町の角に花屋がございましてね、乗り物はそこからの紹介ということが分ったんです。それでなんとなく花屋で観蔵院の女二人のことを訊きますとね、寺と篠山藩に縁があることが分りました。それで私、観蔵院に戻り、墓所に入り込み、墓石を調べてみますと、須藤という姓の墓がございました。この須藤の墓が駿太郎さんの親父様と関わりがあるかどうか、あとは寺にでも訊くしかございません。これ以上は難波橋の親分の仕事かなと考えて戻って参りました」

「国三さん、ようやってのけられた。十分過ぎる仕事ぶりじゃ」

小籐次が礼を述べた。

ふーむ

と鼻で返事をした観右衛門が、

「そなたのことです。なんぞ他にやらかしておりませんか」

と問い質した。

「やっぱり大番頭さんの目は誤魔化《ごまか》せませんね」

と少し得意げに嘆いてみせた国三が、

「すいません。無理をするなと大番頭さんに命じられましたが、あのまま戻るのも忌々《いまいま》しいと思い直しました」

「これですよ」

「大番頭さん、雨で辺りは暗いし、人影もございません。そこで離れ屋に近付いてみました」

「赤目様、この小僧さんは危ない橋を渡っておる」

と小籐次に言いかけ、

「それでなんぞ分りましたか」

と今度は国三に訊いた。

「離れ屋の床下に入り込みますと、若い女の泣き声が聞こえてきました。そして、その合間におのれ、赤目とやら須藤平八郎様の仇を討ってくれん、と何度も繰り返していました。あの声は絶対に小出お英様のものですよ」

小籐次と観右衛門は顔を見合わせた。

「それがしは須藤平八郎どのに襲われ、致し方なく尋常の勝負をしただけだ」

小籐次が憮然と呟き、観右衛門が、

「お英様は駿太郎様のことをなんぞ言ってなかったか」

と訊いた。

「雨の音が激しくなって部屋の声が聞こえ難《にく》くなりました。それで、私が帰ろうとしたら、お英様の声が東雲、駿太郎をどうしたものか、と尋ねる声が耳に入りました。だけど、東雲さんの返事は聞こえませんでした。これが私の調べたすべてです、赤目様、大番頭さん」

「国三さん、ようやってくれたな」

小僧を労った小籐次の目が藁籠に眠る駿太郎にいった。

「本来ならば、わが子を案ずる言葉があってもよかろうに」

観右衛門が言い、

「ただただ好きだった殿御の須藤平八郎どのの生死ばかりに心を奪われ、わが子を養う赤目様になんの感謝の言葉もないとは、小出お英なる女に期待はできませんぞ」

「そういうことかのう」

と答えた小籐次が、

「よいよい。そのときはこの赤目小籐次が立派に育ててみせる」

と眠る駿太郎に言いかけた。

「それにしても、赤目様とお英様は一度とくと話し合われることが大事ですぞ」

「いかにもさよう。大番頭さん、どうしたものかのう」

とこちらから会いに行くかどうか考えを訊いた。

「国三の話ですと、赤目様を須藤平八郎どのの仇と思うている様子です。ここはやはり難波橋の親分に出張ってもらい、直にお英様の気持ちを聞き、赤目様や駿太郎さんとの対面はそれからでようございましょう」

「そうじゃな。秀次親分の知恵を借りようか」

と小籐次も得心した。

「大番頭さん、昼餉を食べたら難波橋に使いにいきましょうか」

国三が言い出し、

「この雨ではうちは仕事になりません、そなたばかりを外に出すのもなんだが、行きがかりだ、頼みましょう」

と依頼した。

雨は七つ（午後四時）前になって激しくなり、江戸は夜のように真っ暗になった。

小籐次は店頭から台所に研ぎ場を変えた。なんとなく店全体が手持ち無沙汰の様子で蔵の片付けやら帳簿の整理をしていた。

荷を出そうにも大八車も船も出せなかった。

国三は生卵が落とされた饂飩とだしじゃこ入りの握り飯を嬉しそうに食し、難波橋に使いに向った。すぐに戻ってきた国三が、

「赤目様、大川の水が溢《あふ》れそうで親分は町奉行所の役人方と川の見回りに出ているそうです」

「なにっ、洪水になりそうか」

「永代橋《えいたい》の橋桁《はしげた》が見えなくなるくらい水位が上がっているそうですよ」

「それは大袈裟《おおげさ》であろう。だが、土地が低い深川蛤町の河岸はどうなっておるかのう」

と小籐次は川向こうの得意先を案じた。

「赤目様、この大雨で親分が顔を見せるのは今日じゃないかもしれませんよ」

「大川の増水に比べれば、わが用事は一日二日遅れようと大したことではないかな」

小籐次は仕事が一区切りつき、雨足が弱まったところで番傘を差し、前の御堀の様子を見にいった。

久慈屋の奉公人たちが滔々《とうとう》と流れる御堀の水を見ていた。常夜灯に照らされた水流はどこにあったか倒木や木の葉を恐ろしい勢いで押し流していた。

「深川辺では水に浸かった町内がすでに出たようです」

と手代の新三郎が言った。

「小僧さんに聞いてそれほどではあるまいと思うていたが、やはり深川付近に被害が齎《もたら》されたか」

「あの界隈は埋め立てですからね」

新三郎がなんとなく築地川の方角を見た。

小籐次は、

「ちと、この界隈を見てこよう」

と新三郎に言い残すと、三十間堀へと下ってみた。すると、木挽《こびき》橋の方角に南町奉行所の御用提灯を掲げた船が見回っているのが見えた。

小籐次が近付くと、定廻《じょうまわ》り同心の近藤精兵衛と難波橋の秀次親分の一行を乗せた船だった。御用船の舳先と艫には長い手鉤《てかぎ》を手にした小者や手先が漂流物を警戒していた。

「赤目様」

船から秀次が声をかけてきた。

「水が上がった町内がござるか」

「いえ、この界隈はこの程度の雨ではまず水が上がることはございませんよ」

「川向こうは大変と聞いたが」

「本所深川は往生している長屋がございましょうな。大川の水位がだいぶ上がっておりますからな。満潮と重なると厄介だ」

「親分方は夜明かしかな」

「雨が降り続くようだとそうなりましょうな」

「ご苦労に存ずる」

小籐次は河岸の上から近藤同心や親分らの御用を労った。とても小出お英の話など持ち出す雰囲気ではなかった。

御用船は三十間堀を日本橋の方角へと漕ぎ去っていった。

小籐次は船を見送り、芝口橋へと戻ろうとした。

その瞬間、身に突き刺さる視線を感じた。番傘を傾けて歩きながら辺りを見回した。だが、それらしき人物を見付けることは叶わなかった。

小籐次は気のせいかと迷った。

静かな殺気を放つ視線が確かに小籐次の体に絡み付いてきた。だが、今直ぐに行動を起こすふうは感じられなかった。

「来たらば来たれ」

そう呟いた小籐次は久慈屋へと足を早めた。

雨は上がるふうは全くない。

小籐次と駿太郎は久慈屋で一日を過ごし、夕餉まで馳走になり、雨の合間を縫って新兵衛長屋に戻った。

駿太郎はおまつらに一日世話をされたので満足げだ。

新兵衛長屋の木戸口に戻ると、お麻、桂三郎、勝五郎らが出て、溝板を上げて、詰まった落ち葉などを浚《さら》っていた。

「水が詰まったか」

「あれだけの雨を飲み込めず、溝板が浮いてきたんだ。この雨は数日続くぜ。今手入れをしておかねえと、あとで慌てることにならあ」

「続くかのう」

「続く」

と勝五郎が自信たっぷりに言った。

「おきみさん、すまぬが駿太郎をしばらく面倒みてくれぬか」

「溝浚いを手伝うのかい」

「それもあるが、小舟をな、庭まで上げておこう」

「それだ。舟に水が入って今にも沈みそうだぜ」

「それは大事《おおごと》じゃ」

小籐次はねんねこを脱ぐと駿太郎をおきみに預け、孫六兼元と脇差を抜いて長屋に入った。土間に濡れたままの寝巻きがあった。そいつに着替えて尻端折《しりはしょ》りをして破れ笠を被り、手桶を手に、

「溝浚いは、ちと待って頂きたい」

と断わると堀留に行った。

朝よりも水位が上がり、小舟は雨を溜めて半ば沈みかけていた。

「気が付かぬと、大事な舟を失うところであったわ」

と独り言を言った小籐次は小舟に飛び下りた。

膝の下まで水が溜まっていた。まず櫓を上げ、桶で溜まった水を掻い出し始めた。汲んでも汲んでも減る様子はない。そのうち小降りになっていた雨が再び激しさを増した。

小籐次は雨に抗して必死で水を汲み出した。

「手伝おうか」

と勝五郎が声をかけたとき、なんとか小舟の水はなくなりかけていた。

「溝浚いは終わったか」

「なんとかな」

「こちらも水は掻い出した」

小籐次は小舟の艫にしっかりと綱を結わえ付け、その端を持って長屋の敷地に上がった。小舟とはいえ水を含んでいるし、二間半の長さがあった。だが、水位が上がっているせいでそう持ち上げなくてよいのが、救いだった。

「勝五郎どの、手を貸して下され」

「よしきた」

綱を引っ張り、小舟の艫を堀留から引き上げようとした。だが、石垣の端に載せるまで引き上げることはできなかった。

「おおい、酔いどれの旦那の小舟を引き上げんだ、手伝ってくんな」

と勝五郎が声をかけると、長屋じゅうの男衆に桂三郎が加わり、

「えんやえんや」

と小舟を水面から長屋の敷地まで引き上げ、裏に返して伏せた。

「助かった」

「まあ、二、三日はどなた様も仕事は休みだ、そう覚悟しな」

勝五郎がご託宣して、それぞれ長屋に引き上げた。

小籐次はびしょ濡れに濡れた寝巻きから普段着に着替え、駿太郎をおきみの長

屋に引き取りにいった。

「雨漏りはどうかな」

「昼間さ、大工の三次さんが屋根に上がり、雨漏りがしそうなところは新しい板を打ちつけたからよ。まず旦那のところも雨だけは漏るまいよ」

「そいつは有難い」

駿太郎を抱き取って部屋に戻った。

「待て、今、行灯に火を点すでな」

小籐次は苦労して行灯の灯りを点した。

一昼夜断続的に降った雨で、どこもが湿っぽかった。雨漏りの様子がないのがただ一つの救いだった。

「酔いどれの旦那」

勝五郎の声がして、火がついた炭をいくつか掬《すく》い鍬《くわ》に載せて入ってきた。

「火がねえと明け方寒いぜ」

「助かる」

火鉢の灰に炭を埋め、消し炭を足した。

「勝五郎どの、酒ならある。一杯飲んでいかぬか」

「なんだか、炭を餌に酒を釣りにきたようだな」

「いや、雨に濡れたですっかり体が冷えた。わしも一杯飲もうと思うていたところだ」

小籐次は板の間の隅に立っていた徳利と湯呑み二つを勝五郎に渡した。

そうしておいて、駿太郎のおしめを替えた。寝床に入れて、

「よし」

と勝五郎と差し向かいになった。

「ほんとうに雨は何日も続くかな」

「この雨はまず一日じゃあ終わらないよ」

「こんな日は骨休めだな」

「そういうこった」

男たちは酒を注いだ湯呑みを口に持っていった。

三

冬の長雨は四晩降り続き、ようやく上がった。新兵衛長屋もどこもがじゅくじ

ゆくで湿っぽかった。

久しぶりのお天道様に濡れた衣類や夜具を乾かそうと、垣根だろうと木戸だろうと干された。

小籐次もまず駿太郎のおしめを洗い、干した。続いて船底を上にしていた小舟を表に返して陽を入れた。

小籐次は駿太郎をおぶって作業を続けた。

江戸の町に強い陽光が戻ってきて、たっぷりと吸い込んだ水分をゆっくりと蒸発させていた。そのせいで辺り一面からもやっとした空気が立ち昇っていた。

小籐次は昼間には小舟を堀留の水面に戻し、櫓を水に入れた。

いつもは塵芥を浮かべた入堀がさっぱりとした水面を見せていた。だが、その両岸の長屋では盛大に濡れた夜具や衣類が干されて、船卸《おろ》しの日の飾りのようだった。

「駿太郎、体じゅうに黴《かび》が生えそうなほど降ったな。そなたの体も虫干しじゃぞ」

ねんねこも寝籠も干したので、駿太郎はおぶい紐で背に括りつけただけだ。素足が二本にゅっと出て、陽に当たっている。

小籐次は小舟を芝口橋に向けた。

久慈屋の船着場では、船頭たちが陸《おか》に上げていた荷船や猪牙舟を点検しては船着場に戻していた。

「どうだな、被害はござらぬか」

風車を差した破れ笠を被り、袷に裁っ付け袴の上に駿太郎をおぶった小籐次に船頭衆が、

「赤目の旦那、生きていましたかえ」

「体じゅうがふやけたようですよ」

などと声をかけ、

「うちの船はなんとか大丈夫のようですぜ。川に繋ぎ放しの店ではだいぶ船が流されたって話です。それよりさ、大変なのはお店だ。建具から蔵の窓まで外せるところは外し、開けられるところは大きく開いてさ。風を入れるのに大童《おおわらわ》ですよ」

と一人の船頭が答えた。

小籐次は小舟を舫うと河岸道に上がった。すると、表戸を開いた店では奥まで風が通るように建具が取り払われて、いつもは見えることがない庭や奥の廊下ま

で覗けた。

小籐次が久慈屋の前に立ち、東海道筋を見渡すと、どこのお店も家も久しぶりの陽光に飢えたように開け放っていた。

「赤目様、よう降りましたな」

炭俵《すみだわら》が積まれた広い土間の一角に立って奉公人らにあれこれと指示をしていた大番頭の観右衛門がうんざりとした声を上げ、小籐次を見た。

「なんぞ手伝うことがござろうか」

「どこも商いは後回し。まずはこの湿気をなんとかしないことにはどうにもなりませんよ」

紙問屋の久慈屋は火と同じくらいに湿気は大敵だった。

「被害は出ましたか」

「紙蔵に梅雨の時節と同じくらいの炭を入れさせたんでね、なんとか被害は少なくて済みそうです。たっぷり水を含んだ紙は、ゆっくりと自然に水っけが飛ぶのを待つしかございませんな」

「お隣の京屋喜平どのの様子を見てこよう」

と小籐次が言うと、観右衛門が、

「駿太郎さんは奥の陽溜りに置いていらっしゃい。いくらなんでもお武家さんがその恰好はいただけませぬ。うちには女の手はいくらもありますでな」

その会話が耳に入った小僧の国三が、

「赤目様、駿太郎さんを抱き取りますよ」

と小籐次の背に廻り、受け取った。

「縁側の陽のあたるところに駿太郎さんの寝床をな、女衆に作ってもらいなさい」

小籐次から駿太郎を受け取った国三に観右衛門が命じた。

「観右衛門どの、ちと町内をぶらついて参る」

と声を残した小籐次は、泥濘の支えにと久慈屋の入り口に立てかけてあった竹棒を借り受けて、杖代わりに持っていくことにした。

まず得意先の足袋問屋で、かつ仕立ても引き受ける京屋喜平の店頭に立った。こちらも商売は二の次で、足袋生地を広げて風を通していた。また作業場の建具を外して、風を入れていた。

江戸じゅうが長雨の後始末で、てんてこまいの様相だった。

「菊蔵どの、雨が上がってようございましたな」

「降り過ぎです」

と振り返った菊蔵は、足袋屋の番頭とも見えず尻端折りに襷掛けで、こちらも陣頭指揮の真っ最中だ。

「雨で仕事をなされたのは赤目様くらいですよ。うちの刃物は綺麗に研いでもらったが、これでは仕事にはなりません」

とぼやいた。

作業場では職人の親方の円太郎が湿った道具を日陰干しにしていた。

「親方、やはり今日は仕事にならぬか」

「赤目様ですかえ。足型も物差しも作業台もわずかだが狂いやがってねえ、使い勝手がよくございません。まあ、今日明日は道具の手入れです」

「まあ、致し方あるまい」

小籐次はぬかるんだ東海道筋に立って日本橋方向を見た。

存分に水分が染み込んだ町に陽光があたり、通りからも店の屋根や庇《ひさし》からもゆらゆらと陽炎《かげろう》のような湯気が立ち昇っているのが見えた。

荷馬が行き交い、駕籠が往来し始めていたが、馬の脚も駕籠かきの足元も泥だらけだ。

「今日一日、江戸は天道干しじゃな」

小籐次は通りに立ち、呟き、日本橋の方角へとぶらりぶらり歩いてみた。

出雲町、竹川町、尾張町と両側には大店や老舗《しにせ》が続いていたが、今日ばかりは店から奥まで覗けた。それが面白くて、小籐次はぶらぶら尾張町一丁目の辻まで進んだ。その先は町名が新両替町と変わる。

辻の真ん中に立ち、小籐次はまた足を止めた。

小籐次の目には鏡師、組糸屋、扇子屋、蠟燭《ろうそく》屋、漆《うるし》屋、呉服屋、菓子舗、小間物屋の店先が見えたが、どこでも雨の後始末に追われる光景が展開されていた。

辻に立つ小籐次の破れ笠の風車が風にくるりくるりと回った。

「酔いどれの旦那だけだねえ。暢気《のんき》そうな顔でさ、表通りに突っ立っているのはよ」

と顔馴染みの馬方が声をかけていく。

「本日はこちらも開店休業じゃぞ。研ぎを頼むところはないわ」

「酔いどれ様の天道干しか」

「そんなところじゃな」

悲鳴が上がったのはそんなときだ。

小籐次がそちらを振り向くと、万病に効くという、その名も、

「万病円」

で売った薬種問屋の虎屋の店先から、銭箱を抱えた着流しに総髪《そうはつ》の男が血相変えて飛び出してきた。その後、抜き身を振り翳した浪人二人が続いて姿を見せた。

三人組は虎屋から銭箱を強奪し、東海道を突っ切って三原橋の方角に逃げ込もうとする気配だ。大方、三十間堀に逃走用に猪牙舟でも待たせているのだろうか。

真っ直ぐに小籐次の立つ辻へと走ってくる。

銭箱を抱えた先頭の着流しは裸足《はだし》だ。草履は泥濘で脱げたのだろう。

抜き身の匕首が光に反射してぎらぎらと光った。

「ま、待て、盗人！」

虎屋の番頭か。こちらも裸足で店から飛び出してきたが、泥濘に足を取られていきなり転んだ。

三人組と小籐次の間が詰まった。

竹杖を泥濘に突き立てた小籐次は破れ笠の縁の風車を抜き、
発止！

と着流しの男の血走った顔へと投げた。

それが見事に男の顔に当たって、腰をひょろつかせ、辻の真ん中に転がった。その勢いで小脇に抱えていた銭箱が転がり、蓋《ふた》が開いて小判や小粒が泥濘に散らばり、きらきらと陽光に光った。

「おのれ！」

うしろから来る二人の浪人が抜き身を翳すと、小籐次に斬りかかった。

小籐次は泥濘に突き立てていた竹棒を抜くと、白刃《はくじん》を振り翳して突っ込んできた一人目の浪人の鳩尾《みぞおち》に突き立てた。

ぐえっ
と呻いた浪人が立ち竦み、ばったりと泥濘の辻に倒れた。

二人目が諸手《もろて》突《づ》きに踏み込んでくるのを手元に呼び込んだ小籐次は、竹棒で抜き身を弾《はじ》き、転瞬、竹棒を翻《ひるがえ》すとその額を、
ぱちり
と殴り付けた。すると、こちらも顔から泥濘に突っ込んで倒れた。手から刀が飛び、泥濘に埋まった。

一瞬の早業に往来の人々もなにが起こったか、分からない様子だ。

「ど、泥棒！」

番頭のあとから通りに飛び出した虎屋の手代の叫び声に事情を悟った駕籠かきが、

「手代さん、安心しねえ。酔いどれの旦那が捕まえたぜ！」

と大声で叫んだ。

銭箱を盗んだ三人は泥濘から這い上がると刀を拾おうとしたり、その場から逃げ出そうとしたが、小籐次が竹棒を構えて立ち上がろうとする腰や肩口を、
ばしりばしり
と叩いたので再び泥濘に腰砕けに落ちた。

そこへ虎屋の手代が駆け付けてきて蓋の開いた銭箱を拾い、散らばった小判を集め始めた。

「手代さん、泥濘に抜き身が落ちておる。小判を拾うのもいいが、怪我をするでないぞ」

と大声で注意すると、手代はそのことに気付かされ、はっ、と動きを止めた。

そこへ、

「赤目様！」

と泥濘を蹴立てて、難波橋の秀次親分と手先の銀太郎らが走り寄ってきた。

その後に着流しの裾を絡げた南町奉行所定廻り同心の近藤精兵衛が悠然と姿を見せた。

町廻りの途中に遭遇したようだ。

「難波橋の親分、盗人のようだ」

小籐次の言葉を待つまでもなく、秀次たちが泥濘に転がる三人に捕り縄を手際よくかけ、抜き身の刀や匕首を拾った。

「南町奉行所の目の前で白昼盗みを働こうとは太てえ了見《りょうけん》だぜ」

と秀次が言い、

「赤目どのが待ち受けるところに逃げて参ったとは、この者たちもほとほと運がないのう」

と近藤の言葉が騒ぎの終わりを告げた。

行きがかり上、三人を薬種問屋の虎屋に連れ込んだ。

顔まで泥だらけの番頭が、こちらは全身が泥塗《どろまみ》れの三人組を睨み付け、

「近藤の旦那、難波橋の親分、いきなりですよ、抜き身を提げて店に入ってくると銭箱を抱え込んで飛び出していったんです。銭箱は大丈夫でございましょうか」

と聞いた。

「銭箱は手代が持っておる、飛び散った金子も大方回収できよう」

と近藤が答えるところに、新たに泥塗れの手代が戻ってきて、

「番頭さん、銭箱はございましたよ」

と得意げに叫んだ。そこへ虎屋の主の芳左衛門《よしざえもん》が奥から姿を見せて、

「なんですねえ、奥で聞いていれば番頭さんも手代も盗まれた銭箱のことばかり気にして。それよりなにより通行の方々に怪我はございませんでしたか。近藤様、難波橋の親分、ご足労をかけましたな」

とあちらこちらに気を遣った。

「虎屋の旦那、手柄は酔いどれ小籐次様だぜ」

秀次が汚れた羽織を脱ぎながら、手際よく捕り物の経緯を説明した。さすがに一瞬見ただけで的確になにが起こったか秀次は把握していた。

「親分、酔いどれ小籐次様とは御鑓拝借のあのお方ですか」

「おうさ、旦那は初めてかえ。小金井橋の十三人斬りの兵《つわもの》にかかってはこの三人も形無しだぜ」

「この界隈にお住まいとは聞いておりましたが、お目にかかるのは初めてですよ。

親分、お引き合わせを願えますか」

「旦那、いつもは芝口橋の久慈屋の店頭で研ぎ仕事をなさっておられるんだ」

店の片隅に立つ小籐次を紹介した。

「赤目様、気が付かぬことで、ご挨拶が遅くなりまして申し訳ございません。改めてお礼が申しとうございます、どうか奥座敷へお上がり下さい」

「旦那、わっしらはこの三人の始末があらあ。悪いがさ、盗まれそうになった銭箱を持参して手代さんか番頭さん、どちらか一人番屋までご足労願おうか。申し訳ねえが、赤目様にもそちらで事情を訊くことになる。座敷に上がるのはまたの日だね、虎屋の旦那」

と秀次が段取りを告げた。

小籐次が久慈屋に戻ったのは昼過ぎの刻限だ。

観右衛門が直ぐに声をかけてきた。その顔に上気した表情が漂っていた。

「遅うございましたな」

「尾張町の辻で盗人三人組に出くわしてお節介《せっかい》を致したで、ついこのような刻限になってしまった。今まで番屋におったのだ」

「往来から虎屋さんに白昼盗人が入ったと話す声が聞こえましたが、ほんとうの話でしたか」

「長雨の後始末に追われる隙を狙って銭箱を強奪しようとしたのだ」

「被害はございませんでしたかな」

「怪我人も出なかったし、銭箱に入っていた三百七十両ばかりの金子の大半は回収された」

と小籐次が三人組の盗人の失態話を告げた。

「赤目様の前に逃げてきたとは、なんとも不運な盗人どもですね」

「雨に降り込められ、旅籠《はたご》賃も払えぬ三人が思いつきで企てた盗みのようだ。ただ今も調べが続いておる」

と小籐次は観右衛門に告げた。すると、今度は観右衛門が、

「私のほうにもお話しすべきことがございましてな」

と小籐次を台所の板の間に誘った。

小籐次は番屋の調べで昼餉を抜かしていたが、それどころではなさそうな観右衛門の鼻息だ。

いつもの席に座るのももどかしく観右衛門が、

「小出お英様が参られましたぞ」

と言い出した。

「ほう、お英どのがな。駿太郎と会いましたか」

「いえ、こればかりは赤目様にお断わりなくばできかねます。私は咄嗟に国三におぶわせて赤目様を探してこいと裏口から外に出しましたので。そんなわけで母子の対面はございません」

頷いた小籐次が、

「して、お英どのの口上とはいかなるものですか」

「お英様は確かに江戸でもなかなか会うことのできない美形でしてな。これが一児の母親かと思うほどに若く見え、妖艶な容貌をなされておりましたぞ。小出家が藩主青山様の側室に差し出されて、藩の中枢に返り咲きたいとお考えになったのも無理からぬところと思いました」

と観右衛門が答え、

「お英様は赤目様と須藤平八郎どのの戦いは致し方なき仕儀と考えました。赤目様にはなんの罪咎《つみとが》もないばかりか、駿太郎を養う羽目になり、真に迷惑をかけたと、この私に詫びられました」

うーむ
と頷きながら、小籐次は、

(どうやら駿太郎を母親の手に戻すときが来たようだ)

と覚悟した。

「お英様は、改めて赤目小籐次様にお礼を申し上げ、その上で駿太郎を申し受けたい。須藤平八郎様が亡き今、わたくしには駿太郎しか生きるよすがはないと申され、涙を流されました」

「そうでしたか。致し方ござらぬな」

「子は血の繋がった母親の許で暮らすのが一番幸せにございましょう」

「いかにも。お英どのはいつ駿太郎を受け取りに参られるな」

「過日の老女を使いに立て、面会日を定めて、しかるべき席を設けると言い残されて帰られました」

「相分った」

と小籐次は観右衛門に答えながら、胸の中に吹く空《うつ》ろの風をどうすることもできなかった。

四

遅い昼餉を久慈屋の台所で食し終えたが、駿太郎を連れて小籐次を探しに出た国三が戻ってくる様子がない。

「国三め、外に出されたのをよいことに、どこをほっつき歩いておるのやら」

大番頭の観右衛門が気にした。

「普段と町が変わっておるで、ついふらふらと歩き、時が経ったということは考えられぬでもない。だが、ちと遅うござるな」

「なんぞございましたかな」

観右衛門もさすがに不安の表情を見せた。

七つ（午後四時）過ぎ、小籐次は観右衛門と相談し、新兵衛長屋に戻った。だが、国三が駿太郎をおぶって長屋を訪れた形跡はないと住人らがいう。

なにか異変に巻き込まれた、と考えるべきではないか。増水した川に落ちたとしても白昼のことだ。人の目もある。だれかが目撃するはずだ。となれば、考えられることは一つしかない。

小籐次は部屋を見回した。

部屋じゅうに駿太郎のおしめが干されて、それが小籐次を堪らなく寂しい気持ちにさせた。

小籐次は下駄を提げて井戸端に行き、泥に汚れた足を洗いながら気持ちを固めた。部屋に戻った小籐次の気持ちはすでに定まっていた。

改めて身仕度をした。

孫六兼元と脇差を一旦抜くと、裁っ付け袴の帯を締め直し、円太郎親方が小籐次のために仕立ててくれた革足袋を懐に入れた。破れ笠の縁に竹とんぼを三つばかり差し込み、脇差を腰に戻すと仕度はなった。

柄杓《ひしやく》で水を掬《すく》い、喉の渇きを止めた。

孫六兼元を手に部屋の敷居を跨《また》いだ。

「やはり駿太郎さんになにかあったかねえ」

小籐次の身仕度を見た勝五郎が溝板の上に立ち、不安そうな顔で見た。

「分らぬ」

小籐次は兼元を腰に差した。

「なんぞあったとすれば、あてがないこともない」

勝五郎が頷く。

小籐次は長屋の軒下に竹細工の材料として吊るしておいた竹から一本抜くと、それを手に堀留に行った。

「勝五郎どの、下駄を長屋に放り込んでおいてくれぬか」

履物を長屋の敷地に残した小籐次は、
ひょい
と繋いである小舟に飛び下り、舫い綱を外すと、手にしてきた竹竿で石垣を突いて入堀を出た。

「旦那一人じゃねえや、小僧さんと駿太郎さんがからむこった。頼むぜ、酔いどれの旦那」

「任されよ、勝五郎どの」

自らを鼓舞《こぶ》するように小籐次は答えた。だが、なんの成算も胸になかった。

町じゅうがぬかるんでいた。そこで小舟で移動するほうが楽だと判断して、小舟に飛び乗った小籐次だ。

先ず一旦、久慈屋に舳先を向けた。

久慈屋の船着場に着くと、秀次親分と観右衛門が河岸道に立っているのが見えた。

二人は小籐次の小舟が近付くのを確かめ、直ぐに船着場に下りてきた。

「駿太郎さんは長屋に戻っておりませんでしたか」

秀次が念を押した。

小籐次が首を横に振り、

「国三さんはしっかりとした小僧さんだ。考えもなく、この刻限まで町をふらつく筈《はず》もない」

「となれば、考えられることは一つ」

秀次の言葉に小籐次が頷き、観右衛門が、

「赤目様、提灯を持っていかれませ」

と言うと、船着場で荷船の手入れをしていた出入りの船頭に、

「杵造《きねぞう》さん、提灯を一つ貸して下さいな」

と頼んだ。

「へえ、お安い御用ですぜ」

心得顔の船頭が提灯に灯りを入れ、小籐次に渡した。

「お借りする」

小籐次は小舟の舳先に竹竿を立て、提灯を吊るした。これで用意はなった。

秀次が最後に小舟に乗り込んできた。

「親分、手伝うて下さるか、千人力かな」

「昼間のお返しだ」

秀次が小舟の真ん中に座し、船着場の杭をぐいっと押した。

提灯が揺れ、水面に映る灯りが揺れた。

江戸を夕闇が覆《おお》っていた。

「赤目様、親分、頼みましたぞ」

観右衛門の不安の塗《まぶ》された声に送られて、小舟は築地川に向って流れを下り始めた。

いつもより海に向う御堀の流れは速い。

小籐次は櫓を舵《かじ》代わりに使い、流れに乗せただけだ。

「浅草新寺町の観蔵院にございましたな」

秀次が小籐次に訊く。

「まず女狐がしおらしい顔で久慈屋を訪れたのが怪しゅうござる」

「さりながら小出お英様は江戸に馴染みなく、供も東雲という老女一人のようだ。

国三はなかなか気が利く小僧だ。そう易々《やすやす》と女二人の手に乗るとも思えねえ」

小籐次は頷く。

小舟はすでに御堀を抜けて、浜御殿の石垣と森が見えるところまで来ていた。

小籐次は築地川に入ると、海には向わず舳先を直ぐに中津藩の上屋敷と尾張家の蔵屋敷の間を抜ける堀に入れた。できるだけ大川を使わず上流まで堀伝いに行こうと考えたのだ。

長雨を呑んだ濁流が注ぎ込む大川河口を遡《さかのぼ》るより、遠回りだが堀伝いがよいと考えてのことだ。

小籐次は武家地と町屋の間に複雑に入り組む堀から堀へと伝いながら、北に向う。それでも鉄砲洲の船松町河岸で大川河口に一度は出なければならなかった。

小舟の小籐次と秀次は恐ろしい勢いで大川から流れ出す濁流を呆然と月明かりに見た。

「恐ろしい眺めですぜ」

茶褐色の本流は、長雨で浸水し倒壊した長屋や流木を呑み込んで海の奥へ奥へと運んでいた。

小籐次は河岸伝いに櫓を撓《しな》らせて漕ぎ上がり、越前堀に逃げ込んだ。

「ふうっ」

と秀次が安堵の息を漏らした。

八丁堀を左手に見て、亀島橋を目指す。

「赤目様、大川を上るのは無理だねえ」

「いかにも」

「新寺町の観蔵院に近い堀端となると、浜町の入堀に入れて、馬喰町《ばくろちょう》の土橋に着けるのが早道かねえ」

いくら堀が発達した江戸といえども大川を使わないで上流へ遡行《そこう》しようとすると、どこかで堀留に行き当たった。

「承知した」

霊岸橋で日本橋川を突っ切り、崩橋から永久橋、その先で元吉原の横手を抜ける入堀に小籐次は小舟を入れた。

大名家の上屋敷から町屋へと漕ぎ上った小舟を馬喰町の土橋に繋いだ。

長い舟行だった。

小籐次は円太郎親方が仕立ててくれた革足袋を履くかどうか迷った。小舟を捨てた小籐次は辺りを見回した。

江戸に出てくる人々が泊まる旅籠町だ。軒先にいくらも草鞋《わらじ》や冷や飯草履が吊るして売っていることを思い出した。

裸足で馬喰町に上がった小籐次は、手近の旅籠の軒先に吊るしてあった冷や飯草履を買った。そこには泥濘で難儀する人のために下駄まで売っていた。

秀次親分も雪駄を脱ぐと、ぽんぽんと底を打ち合わせて懐に入れ、駒下駄を購った。

「この泥濘は二、三日続きますぜ」

足元を固め直した二人は馬喰町から浅草御門への道を辿ることにした。すると、旅籠やお店の軒伝いに板道が敷かれて、なんとか足を汚さずに進むことができた。

「こいつは助かる」

と漏らした秀次が、

「赤目様、女二人で国三と駿太郎さんをかどわかすことはできねえとなると、あと考えられるのは……」

「お英どのが小出家に助けを求めたということかのう」

「女二人は江戸に知り合いはございませんや。となると、まずそんな見当ですかねえ」

るか」

「情理を尽くせば即座に駿太郎を渡したのにのう。なんでこのような手間をかけるか」

「赤目様、なんぞ悪い考えを起こす連中はいつも面倒くせえ手を思い付き、その考えに酔って糞溜《くそだ》めに嵌《は》まるんでさあ。小悪党は、必ずしち面倒臭い道を思い付きやがる」

「小出家もそうか」

「老中を務められる大名家の筋目が藩の中枢から外されたには、それなりの曰くがあってのことでござんしょ。それを取り戻そうと娘を側室に上げようなんて考えることと自体がさ、わっしにいわせれば、馬鹿げた話だ」

「親分のように世間の皆が素直に考えてくれればいいがね」

「いやさ、岡目八目、端《はた》から考えるから出る知恵かねえ」

と笑った秀次と小籐次は神田川に架かる浅草橋を渡り、御蔵前通りに入っていった。

さすがに江戸の分限者《ぶげん》の札差《ふださし》らが軒を連ねる町だ。通りの真ん中に板道ができていた。

「こいつはいい」

二人は幅一間の板道を進んだ。

中之御門で浅草御蔵前通りから新堀川沿いに新寺町に入ると、国三が見つけてきた小出お英と東雲の仮の住まいの観蔵院は遠くはないはずだ。

「お英どのが小出家に救いを求めたとして、駿太郎の処遇をどうする気かのう」

「今さらお英様を青山忠裕様の側室というわけには参りますまい。どんな知恵を今度はひねり出されましたかねえ」

秀次が応じたとき、二人は浅草阿部川町の西につながる浅草永住町の南端に到着していた。

刻限はすでに五つ半（午後九時）を回り、長雨に泣かされた寺町はひっそりとしていた。

「観蔵院はこの界隈と思ったがな」

秀次が小舟から外してきた提灯を手に立ち止まったのは、左手に旗本屋敷、右手は寺町、突き当たりは宇都宮藩戸田家の上屋敷の白壁が塞ぐ辻だ。

「こっちだ」

秀次が永住町の北へと曲がった。果たせるかな二軒目が新義真言宗観蔵院で、荒れた山門が閉じられてあった。

「ようやく着きましたぜ」

「長い道中であったな」

秀次が提灯を吹き消し、閉じられた扉の下に置いた。

寺社奉行が管轄する寺に忍び込もうというのだ。提灯を照らしてというわけにはいかなかった。

二人は寺町にある観蔵院の周囲をまず歩いて調べることにした。寺と寺の間には半間ほどの路地が取り巻いていた。

二人が密蔵院との路地を奥に入ったとき、扉もない裏門が目に留まった。どうやら檀家の人々が墓地に出入りする裏門のようだ。

秀次が駒下駄を脱ぎ捨て、懐から雪駄を出して履き替えた。

小籐次は汚れた冷や飯草履のままに乗り込むことにした。

観蔵院は広幡山隆源寺大塚護持院《ごじいん》の末寺だ。だが、寺全体に荒《すさ》んだ感じが漂っていた。

境内には雨に打たれた芒《すすき》が立ち枯れていた。その芒の向こうに真っ暗な本堂と宿坊が見えた。右手に墓地が広がり、その墓地の奥に灯りが点った離れ屋が雑木林に囲まれて見えた。

「あれかのう」

「そのようですね」

侵入者は言い合った。

「なんぞ策はございますかえ」

「まず国三どのと駿太郎の無事を確かめたい」

頷いた秀次が先に立った。

雑木林に近付いたとき、離れ屋で人影が動いた。

「親分」

と小籐次が秀次を止めた。

「女だけではないな」

秀次も頷いた。

重苦しい沈黙が離れ屋に漂っていた。

「父上、お英に京に戻れと申されますか」

「お英、そなたが父なし子をなしたことは篠山城下でも江戸でも知られておる」

「父なし子ではございませぬ」

「筋目の家系がなんと馬廻りと乳繰りあって子までなした。そなた、江戸で裏長屋暮らしをする気であったか」

お英の返事はなかった。

「この赤子、どうしたもので」

老女東雲の声が小出貞房に問うた。

「そなたら、明早朝、京に発て。この二人はわれらが始末致す」

「父上、始末するとはどういうことです」

「お英、そなた、子を抱えてどうする所存か」

小出の叱咤《しった》する声が続き、

「よかろう。そなたがそのような所存なれば、いつまでも未練が残り、新たな旅立ちが叶うまい。そなたの手でこの赤子を始末して京に戻れ」

と非情な宣告を下した。

「父上はお英の子を自ら殺めよと申されますか」

「そなたが小出家に相応《ふさわ》しい一廉《ひとかど》の相手を見つけるためには、この子は邪魔じゃぞ。小出の血筋ではない」

再び沈黙があった。

ふいに国三の声が響き渡った。

「おまえら人の皮を被った獣物《けだもの》だな。なにが大名家の筋目だ。勝手なことを抜かしやがる。駿太郎さんを殺させてたまるか！」

「小僧、黙れ！」

小出が叫び返し、

「円通寺先生、こやつの口を封じて下され」

と何者かに命じた。

小出は用心棒剣客を従えてきたか。その者が動こうとして、動きを止めた。次の瞬間、なんの気配も見せず離れ屋から庭の二人に向って飛び道具が投げ打たれた。

小籐次はその気配を感じたとき、秀次に体当たりをしてその場に転がしていた。

体勢が崩れた小籐次の腹に小柄《こづか》が突き立った。

「赤目様！」

と秀次が叫び、小籐次が、

うっ

という押し殺した悲鳴を上げてよろめいた。

離れ屋の障子戸が開き、縁側に総髪の剣客が刀を手に姿を見せた。

「赤目様！」

駿太郎を両腕に抱えた国三が叫んだ。その足首から腰に縄が打たれて柱に結ばれて自由が利かないようになっていた。

「国三さん、ようやった」

小籐次が呻くように言った。

ゆらゆらと小籐次が姿勢を正した。その片手は腹部に刺さった小柄を握り締めていた。

「赤目様」

と再び秀次が小籐次の傷を案じた。

「円太郎親方がそれがしのために仕立ててくれた革足袋が命を拾うてくれたようじゃ」

小籐次の片手が小柄を抜くと、もう一方の手が傷を探っていたが、

「かすり傷じゃ」

というと小柄を用心棒剣客の足元に投げ戻した。その切っ先に血が滲《にじ》んでいた。

「悪運の持ち主かな、酔いどれ小籐次」

「そなた、何者か」

「月影一刀流創始者円通寺儀助。江戸に名高き酔いどれの命、おれがもらった」

円通寺が手にした剣を抜くと、鞘を投げ捨て縁側から庭に跳んだ。

小籐次も孫六兼元の柄に右手を伸ばすと、円通寺との間合いを詰めていた。

一気に両者は生死の間合いに飛び込んで、戦いが始まっていた。

宙にあって円通寺は上段に振り上げた剣を片手殴りに小籐次の眉間《みけん》目掛けて叩き付けた。迅速軽快の剣捌《けんさば》きで、刃風が、
ぴゅっ
と鳴った。

小籐次のそれは静かだった。

腰を沈めた小籐次がつつつと走り、柄にかかった右手が円弧を描くように抜かれ、小籐次の口から、

「来島水軍流流れ胴斬り」

の小声が漏れた。

上段斬りと胴斬りが交差し、一瞬早く小籐次の小柄な体が虚空にあった円通寺の胴を捉え、深々と引き回して両断すると、横手に飛ばした。

げえええっ！

円通寺の五体は虚空に流れて、庭に足を着けぬままに生から死の世界へと旅立とうとしていた。

どさり

と鈍い音をさせて円通寺が斃れ伏した。

「赤子を殺せ、お英！」

小出の叫び声がした。

「そなたがやらねば、父がやろうぞ」

剣を抜いた小出が国三が抱く駿太郎に突き掛けたのと、お英が駿太郎と国三の体の上に身を投げた動きが重なった。

「お英様！」

東雲の叫びが重なり、お英の首筋に父の突き立てた剣が刺さり、反対に抜けていた。

「お、お英！」

「な、なんということが」

小出と東雲の悲痛な叫びが交錯した。

小出は娘のお英に突き立った刀を離して、

どどっ

と後退《あとじさ》りすると、その場から逃げ出そうとした。

小籐次は破れ笠に差し込んだ竹とんぼを掴むと捻り飛ばした。さらに二本、三本と飛ばした。竹とんぼは逃げようとする小出の面を次々に打ち、その場に釘付けにした。

「小出の殿様、一人だけ逃げようというのは感心したこっちゃありませんぜ」

秀次が座敷に飛び上がり、その場に引き倒した。

小籐次も縁側から離れ座敷に上がると、お英を抱き起こした。すると、国三がしっかりと駿太郎の体の上に覆い被さってその身を守っていた。

駿太郎がふいに泣き出した。

「し、駿太郎」

お英の口からわが子を呼ぶ声が漏れて、手を差し延べようとしたが、体が、がくりと前のめりに倒れ込み、激しい痙攣がその身を襲った。そして、ふいに動きを止めた。

「お、お英様」

駿太郎の泣き声を圧して東雲の叫び声が響き渡った。

「なんてこった」

秀次が呟き、

「赤目様、こいつはわっしらの手に負えねえや。佐々木様に相談してえのですが、この場に残ってくれますかえ」

と言い残すと、夜の闇に飛び出していった。

第五章　佐渡からの刺客

一

血腥《ちなまぐさ》い奥座敷に駿太郎を抱きかかえた国三、小出貞房、そして、老女東雲が残され、だれもが呆然自失していた。

駿太郎はぐずってはいたが、泣き止んでいた。

庭下駄を手にした小籐次は泥だらけの足を泉水で洗い、下駄を突っかけ、首に斜めに刀が突き通った小出お英が倒れ伏す座敷に上がった。

お英は哀しみと後悔に打ちのめされた苦悶《くもん》の表情を顔に止《とど》めていた。

小籐次は首に突き刺さった刀を抜いた。すると、突っ張っていたお英の体がふいに、

ぐにゃぐにゃ
と崩れ落ち、首筋から大量の血が流れ出た。

再び血の臭いが離れ屋に漂い流れた。

最後の瞬間に駿太郎の母親としての感情を取り戻したお英に向い、小籐次は合掌した。

乱れた座敷の片隅にお英のものと思える内掛けがあった。

小籐次は小出家の家臣らが駆けつけてくるまでお英をこのままにしておくことにして、体の上にふわりと内掛けを掛けて隠した。

奥座敷に足を踏み入れた。

国三の足首と腰の縛《いまし》めの縄は秀次がすでに切っていた。国三は駿太郎を抱くことがわが務《ほう》めとばかりに両腕にしっかりと抱いていた。

傍らに呆けたような小出貞房がいて、東雲が泣いていた。

それぞれその場で起こった惨劇に言葉を失うほど衝撃を受けていた。

「国三さん、ようやったな」

小籐次の言葉に我に返った小僧が、

「赤目様」

と叫ぶと、
わあっ
と泣き出した。

「泣くでない。駿太郎が連れ泣き致すぞ」

小籐次は国三の手から駿太郎を抱き上げようとした。すると、国三がしっかりと駿太郎を抱えて離さず、

「赤目様を探して新兵衛長屋のほうに歩いていくとさ、いきなり蔵と蔵の間の路地からあの侍が飛び出してきて、腹を殴りつけられたんだ。次に気がついたときにはここにいたんだよ」

と訴えた。

あの侍とは小籐次と戦った円通寺儀助のことだ。

「国三さんはなにも悪くないぞ。ようやってくれた」

小籐次はそう言うと、再び小出貞房を見た。

娘が倒れている座敷から行灯の灯りが漏れて、丹波篠山藩の筋目の家系の当主の横顔に当たっていた。腰を抜かしたようにべったりと座った貞房の反対側の横顔は暗く沈んでいた。

娘を刺し殺した衝撃で一瞬にして感情を失い、十も十五も老けて見えた。

東雲は思い出したようにしゃくり上げて泣いていた。

「国三さん、駿太郎の尻は濡れておらぬか。なんぞ重湯など飲まされたか」

小籐次の問いに、ふいに反応したのは東雲だった。

立ち上がると台所に向い、古びた浴衣《ゆかた》を解して作ったと思えるおしめを抱えてくると、国三の前に座った。

国三が抱えていた駿太郎をその場に寝かせると綿入れの裾を開いた。

東雲と国三の二人は黙々と駿太郎のおしめを替えた。

それまで駿太郎を間に立場を異にして敵対していた二人だが、駿太郎の世話で心を一つにしていた。

「老女さん、最前の重湯の残りがあったら、温め直して下さいな」

「しばらく待ちや」

東雲が台所に戻ると、がたごとと音を立てて、重湯を温め直し茶碗に入れて持ってきた。

「熱過ぎないか」

「これくらいでよかろう」

老女と小僧が二人して茶碗を触り合い、

「これなら大丈夫だ」

「ほれ、な」

と確かめ合い、駿太郎を抱き起こすと、茶碗の縁を駿太郎の口に運んだ。

駿太郎はその重湯を貪《むさぼ》るように飲んだ。

「飲んだぞ」

「加減がほどよかったのじゃな」

と再び二人が言い、にっこりと笑い合った。

小籐次は台所から火鉢と行灯を抱えて、座敷に運んできた。そうしておいて、お英の亡骸《なきがら》のある座敷との境の襖を閉じた。

足場が悪い江戸の町を往復して秀次が戻ってくるのは明け方になろう。

長い一夜になる、と判断したのだ。

座敷の寒さが少し和らぎ、一つの灯りの下に五人がいた。

「赤目様、小便がしたい」

国三が訴え、東雲が、

「厠はこっちですよ」

と案内に立った。

「小出貞房どの、そなたの野心が招いたツケよ。大き過ぎたな」

小籐次の言葉に小出貞房はなんの変化も見せなかった。喜怒哀楽すべての感情を失ったようで、ただ呆然と座していた。

「小出家では駿太郎をどうする気かのう」

小籐次は自らに問うように言った。そして、その問いかけで小籐次の気持ちは定まった。

「駿太郎、安心致せ。そなたはだれにも渡さぬ。この赤目小籐次が立派に育ててみせる」

駿太郎は小籐次の言葉が分ったように、
あぶあぶ
と機嫌のよいときに上げる声を出した。

台所から二人が戻ってきた。

東雲の手に大徳利と湯呑みが抱えられていた。

「赤目様、台所にさ、酒があったよ。だからさ、酔いどれ様の好物だと老女さんに教えたんだよ」

「わしだけ、飲めてか」

東雲が小籐次に徳利と湯呑みを差し出した。

「頂戴しよう」

小籐次は徳利に直に口を付け、口に含んだ。

懐から円太郎親方が仕立ててくれた革足袋を出し、小柄の傷を確かめた。切っ先が一分ほど刺さったような傷が残っていたが、血はほぼ止まっていた。

小籐次は口に含んだ酒を傷に吹きかけ、消毒した。その後、再び口に含み、飲んだ。

すいっ
と流れるように喉から胃の腑に落ちた。

火鉢の鉄瓶がちんちんと鳴り出して、東雲は茶を淹れ、まず主の小出貞房に供した。だが、貞房は眼前の動きが認識できないようで、ただじいっと茶碗を見詰めているだけだった。

「そなた、国三と申すか」

東雲が国三に念を押した。

「ああ、国三だけど」

「茶しかないが、飲むか」

「そういえば喉がからからだよ」

東雲は国三と自らの茶を淹れた。

「東雲、夜は長い。小出お英どのと須藤平八郎どのが篠山城下で知り合うた経緯を話してくれぬか」

小籐次の言葉に恐れ顔の東雲が小出家の当主を眺め、未だ感情を失ったままの様子に頷いた。

「二年半も前の春まだ浅き頃にございました。お英様と私は城下外れの小出家に縁《ゆかり》のある浄清寺に梅見に参りましたので」

「ほう、梅見な」

「寺でお昼を馳走になり、早めに寺を出て、屋敷に戻ることにしました。その途中のことです、流浪の剣術家と思える五、六人連れがお英様の乗り物の前に立ち塞がり、陸尺《ろくしゃく》たちを追い払ったのです。寺の庭に入り込み、お英様の美形振りを見たのでしょうか。乗り物を担いで国境に一気に向えと一団の頭が指示しておりました。なかなか手際のよい動きは、そのような悪さばかりをして過ごしてきた連中と思えました」

茶を喫した東雲は落ち着きを取り戻し、二年半前の出来事を手際よく話した。

「乗り物が担ぎ上げられたとき、馬蹄《ばてい》の音が響いて、遠乗りに出たと思える武家が姿を見せられました」

「須藤平八郎どのじゃな」

「はい。須藤様は追い立てられた陸尺から騒ぎを聞き知っていた様子で、ひらりと馬から飛び下りられると、鞭《むち》を一団の頭目に突き出され、篠山領内で怪しげな振る舞いは許さぬとおっしゃられました。一団が剣を抜き連れ、須藤様も鞭から刀に替えられて、旅の武芸者らに挑み掛かられました。その立ち振る舞いのお見事なこと、五、六人の武芸者たちは瞬く間に腰や足を斬られて這《ほ》う這《ほ》うの体《てい》で逃げていきました」

「須藤平八郎どのならば、その程度のことはあっさりとやってのけられよう」

小籐次の言葉に頷いた東雲が、

「乗り物からお英様が降りられて私が差し出した草履を履かれると、須藤様にお礼を申されておりました。そこへ様子を見ていた陸尺も戻ってきて、落ち着きを取り戻した私どもを須藤様が城下入り口まで送ってくださることになりました。馬の手綱《たづな》を引かれた須藤様とお英様が並んで、一行の先頭を歩かれ、空の乗り物を担いだ陸尺と私がその後に従いました」

東雲は遠い日の光景を思い出すような表情を皺《しわ》の寄った顔に浮かべていた。

「須藤様と私どもは、約定どおりに城下の入り口で別れました。ええ、私はまさかお英様と須藤様が互いに身分を明かし、次の逢瀬を決めておられるなど、全く承知していませんでした。身分違いとは申せ、私からみてもお二人は似合いの美男美女にございましたし、お英様にはあの旅の武芸者を追い払った須藤様の見事な剣捌きが脳裏に刻まれ、それが二人の想いを深めたのでございましょうか。あとで知ったことですが、その後もお英様は篠山の屋敷の蔵で、忍んでこられる須藤様と逢瀬を重ねておられたのです」

「なんと二人は屋敷で会うておったか」

「貞房様は江戸屋敷に定府《じょうふ》同然の暮らし、篠山の屋敷はどこかのんびりしていたこともございましょう。私がお英様の異変に気付いたときには、すでに腹に駿太郎様を身籠《みごも》っておいでででした」

「なんとのう」

「同じ頃、江戸から貞房様が戻ってこられるという知らせが屋敷に届き、お英様が私に、どうしよう、父上はお英ばかりか、須藤様にも酷い折檻をされるに違いないと相談を持ちかけられたのでございます」

東雲はちらりと貞房を見た。

だが、貞房は未だ正気が戻らぬ様子で呆然とした顔付きのままだ。

「面前で申し上げるのもなんでございますが、殿様は若い頃から癇症《かんしょう》のお方、気に入らぬことがあると、家来だろうと女中だろうと気を失うほどに木刀で殴る蹴るの乱暴を振るわれました。その一方でお英様を溺愛《できあい》なされておられましたし、お英様を藩主忠裕様のご側室に上げて、小出家を表舞台に立たせると必死でございました。それだけにお英様が懐妊し、その相手が江戸から国表に戻ったばかりの須藤平八郎様と知られたら、どのような振る舞いをなさるか、お英様は恐れられたのです」

小籐次が頷き、徳利に手をかけた。

「私はお英様を私の遠縁の家に預けました。そこでなんとか赤子をお生みになる。さすれば、また新たな行く末も見えようと浅はかにも思うたのです。須藤平八郎様はお英様の隠れ家にしばしば訪ねて参られました。だが、そのような暮らしがいつまでも続くはずもなく、事情を知られて烈火のごとくに激怒なされた殿様の追っ手が隠れ家に迫って参りましたのは、お英様が駿太郎様をお生みになった直後のことです」

「貞房どのは、須藤どのがお英どのの相手と承知しておったか」

「いえ、殿様が須藤様の一件を知られたのは、須藤様が篠山城下から姿を消されたあとのことです。須藤様が藩を脱け、駿太郎様を抱えて江戸に走り戻り、お英様が時機を見て追いかける手筈が二人の間で定まっていたのです。この寺も須藤様がお英様と落ち合う場所にと定められたものでした」

久慈屋の大番頭観右衛門と難波橋の秀次親分の調べとは少し違っていた。だが、大筋は一緒だった。

「お英どのは、事情を知られた貞房どのに命じられて、京の尼寺に行かされたそうな」

「はい。私も一緒にございました。殿様の頭には未だ忠裕様の側室という考えがあったのです。それで隠れ家からお英様を早々に京へと引き離したのです。ですが、人の口に戸は立てられませぬ。京から篠山に戻った私は、お英様が子を生んだことや相手が馬廻りの須藤平八郎様ということが知れ渡っているのを知らされました。ですが、未だ殿様だけがお英様の側室の企てに固執しておられたのです」

「ことは起こるべくして起こったか」

「はい」

と答えた東雲の瞼《まぶた》に涙が浮かんだ。

「お英様の産後の肥立ちが悪くなければ、須藤様も金子に困って赤目小籐次様を殺すような仕事は引き受けられなかったと思います」

「お英どのが江戸に出てまいられるのが遅かったか」

「須藤様は、もはやお英様は江戸には出てこられぬと一人合点をなされ、引き受けられたのやもしれませぬ」

小籐次は思い返していた。

確かに須藤平八郎は自暴自棄になり、暮らしの金に困ったこともあって四家追腹組からの刺客話を引き受けたと思われた。だが、赤目小籐次がどういう人物か知るにつけ、最後は武芸者同士の尋常な戦いを望んだのだ。

「須藤平八郎様、お英様、今頃あの世で再会なされておられましょう」

「許せぬ」

と小出貞房が呟いた。

ぎょっ
とした東雲が主を振り返った。だが、貞房は感情をなくしたまま、その言葉を偶然にも呟いたように小籐次には思えた。

「殿様さ、螺子《ねじ》が緩んじまったんだ」

国三が言った。そして、ふと思い出したように、

「お店で心配してないかな」

と国三が奉公先のことを思い出した。

「案ずるな。秀次親分が芝口橋まで戻られたのだ。お店にもこのことを知らされておるわ」

「そうだね」

と国三が答えたとき、小籐次は、
うーむ
と辺りに注意を向け直した。話をしているうちに座敷が温まり、緊張が緩んでいた。

「赤目様、どうしたの」

国三が訊いた。

「東雲、小出貞房どのが雇われた刺客は円通寺儀助どの一人か」

「私はそう聞いておりますが」

と東雲が訝しそうな顔で見た。

「離れ屋はたれぞに取り囲まれておるわ」

「親分が戻ってきたんだね」

「いや、親分が戻ってくるには刻限がちと早い。それにこのような殺気を放つわけもない」

「赤目様、だれだい」

「分らぬ」

と答えた小籐次だが、小出貞房が赤目小籐次を調べるために小城、臼杵、丸亀、赤穂四藩を訪ね歩いたという事実を思い浮かべていた。

何《いず》れ赤目小籐次と小出貞房が接触すると想定し、貞房に監視の目が付いていたとしたら、

「四家追腹組」

か、それが雇った、

「刺客」

しか考えられない。

だが、雇われ刺客にしては人が多過ぎた。

となると四家追腹組本隊か。

「何刻《なんどき》かのう」

「最前八つの時鐘《ときのかね》（午前二時）が鳴ったよ」

「親分が戻られるまでに、あと一刻から一刻半か」

「ほんとにだれかいるのかい」

国三が小籐次に訊いた。

「なんとか親分が戻るまで、われらだけで耐えるしかあるまい」

小籐次は座敷の周囲を見回した。国三と駿太郎、それに東雲と貞房を隠すべき場所はどこにもなかった。

片膝を突いた小籐次は脇差を一枚の畳に突き刺し、軽々と跳ね上げた。次々に四枚の畳を跳ね上げた小籐次はそれらを床の間の前に立てかけた。

「もし、なんぞ起こるようなれば畳の陰にじっと潜んでおれ」

小籐次は東雲と国三に言った。

孫六兼元を手元に引き付け、円太郎親方が仕立ててくれた革足袋を履いた。よく見れば小柄で左右とも穴が開いていたが、履けなくはない。

裸足に革足袋を履いた。

（よし、ござんなれ）

小籐次は戦う覚悟を定めた。

時がゆるゆると流れ、緊張していた国三もついうとうとと眠り始めた。腕の中の駿太郎も眠り込んでいた。

殺気が急激に膨らんだ。

小籐次は徳利を引き寄せると口飲みで酒を飲んだ。残った酒を、

ぷうっ

と兼元の柄に吹きかけた。

小籐次が立ち上がった。

殺気の輪が崩れようとした、まさにその瞬間、別の集団が観蔵院の離れ屋に近付いて殺気を放つ集団が一瞬躊躇《ちゅうちょ》した後、

すうっ

と気配を消した。

二

果たして第二の集団の気配は秀次親分に案内されてきた丹波篠山藩年寄の佐々木赤右衛門、藩総目付伊達兵庫助《ひょうごのすけ》と腹心の者たちだった。

「赤目様、お待たせ致しましたな」

秀次は佐々木だけを紹介し、佐々木が、

「赤目様、秀次から経緯は聞き申した。あとはこちらにお任せ下され」

と願った。

伊達はまず未だ呆然と自分を失った小出貞房に、

「相談役」

と声をかけたが返答はなかった。藩目付の配下の者たちが隣座敷で内掛けをかけられたお英の様子や凶器の刀を調べた。

小籐次は国三に、

「戻ろうか」

と言い、駿太郎を国三の腕から抱き取ると背におぶった。それを佐々木も見ていたがなにも言わなかった。

父親の須藤平八郎が小籐次に斃されてこの世の者ではなく、母親のお英もまた駿太郎を庇《かば》おうとして貞房に突き殺されていた。駿太郎は小出家の血筋ではあったが、これからの小出家の処遇次第では厄介の種になるだけだ。そんなことを内心佐々木は考えたか、小籐次の行動に文句をつけることはなかった。

ねんねこを着た小籐次が、

「お先に失礼致す」

と、その場のだれに言うともなく別れの挨拶をした。

「駿太郎様」

と東雲だけが哀しげな声を発した。

「東雲どの、そのような機会が許されるなれば、芝口新町の新兵衛長屋に訪ねて参れ。駿太郎がおるゆえな」

小籐次の言葉に東雲がただ頷いた。

庭に出た。

秀次が追いかけてきた。

「小出の嫡男、雪之丞ですがねえ。すでに屋敷内で謹慎を申し渡されております」

と耳元に囁いた。

「賢明な策をとられたな。あやつを騒ぎに巻き込むと小出の家は断絶だぞ。老中職の手前、青山様も騒ぎは内密に処置されたいお気持ちであろう」

秀次が首肯した。

庭でも伊達の配下が円通寺儀助の亡骸を用意してきた布に包み、始末していた。

そして、縁側に現れたねんねこ姿の小籐次を見て、

「この方が酔いどれ小籐次どのか」

と思わず呟く者もいた。

どうしても眼前の人物と御鑓拝借や小金井橋十三人斬りで名を馳《は》せた勇者の姿とが合致しなかったからだ。

初冬の朝が始まろうとしていた。

「国三さん、その庭下駄を借り受けていけ」

国三は芝口新町の河岸道から浅草新寺町へ運ばれてくるときに、履物を失っていた。

小籐次は裸足で庭に下り、どなた様もご免なされと言葉を残すと、観蔵院の裏門から路地に出た。

奇妙な恰好の三人が浅草御蔵前通りから神田川を渡り、旅籠町から馬喰町の土橋に舫った小舟に辿り着いたとき、空は白んでいた。

「国三どの、これからは舟じゃ。泥濘を歩くこともないぞ」

小籐次はまず国三に駿太郎を抱き取らせると、泥まみれの裸足を堀の水で洗った。水は寒《かん》の冷たさを含んでいたが、すでに小籐次の足は十分に冷え切って感覚が薄れていた。

小舟にあったぼろ布で濡れた足をごしごし擦《こす》ると血が通《かよ》ってきたか、痛みを感じた。

小籐次はねんねこで駿太郎の寝場所を設けた。駿太郎はそこへ寝かせるとむずかったが、国三が、

「駿ちゃん、今抱いてあげるよ。待ちな」

と呼びかけると、声の方角に振り向いた。国三も汚れた足裏を洗い、

「冷たいよ」

と悲鳴を上げた。

小籐次は手際よく小舟の仕度を終えた。

国三が乗り込み、駿太郎の側に座すと、ねんねこに包んで腕に抱き上げた。すると、たちまち駿太郎の機嫌が直った。

「一晩で国三さんと駿太郎は気が合ったようだな」

「年の離れた弟のようですよ」

と国三が応じ、まんざらでもない顔をした。

小籐次は舫い綱を解くと、小舟を堀の流れに乗せて漕ぎ出した。

「国三さん、このとおり礼を申す。そなたがおらなんだら、どうなったかと思うとぞっとする」

改めて礼を述べた小籐次は櫓を漕ぎながら破れ笠の頭を国三に下げた。

「赤目様、礼を言われるようなことはしていませんよ」

「いや、そうではないぞ。そなたがおるとおらぬでは大いに様相が違っておったろう。癇症の小出貞房どののことだ。どのような振る舞いをなしたか想像もつかぬわ。駿太郎の命の恩人よ」

「国三が駿ちゃんの命の恩人だって」

と笑った国三が、

「赤目様、殿様、どうなりますか」

と小出貞房の始末を訊いた。

「わしが考えるところ、まず貞房どのは此度の不始末の罪を一身に負わされて詰め腹を切らされような」

「詰め腹ってなんですか」

「腹を掻き切って罪を償うことよ。なにしろ篠山藩の藩主青山忠裕様は老中であられる。江戸を血筋の者が騒がせ、家名を汚そうとしたことを許そうとはなされまい」

「切腹か。嫌だな」

「それが武士の取るべき最後の道よ。小出家は、筋目ゆえ家系はなんとか雪之丞に継がれようが、禄高は減らされるやもしれぬな。それに、あの倅どのでは小出の行く末も決して明るいものとはいえまい」

小籐次の考えを述べた。すると国三が、

「お武家暮らしもなかなか大変ですね」

と嘆いたものだ。

「おう、屋敷奉公とは家老様から三両一人扶持《ぶち》の下士まで窮屈極まりのうて不自由なものよ。わしのように裏長屋で好き放題に生きるほうがなんぼかましだ」

三両一人扶持は小籐次が森藩に勤めていたときの俸給だ。

「ただ今の赤目様なら好きなときにお好きなお酒が飲めますものね」

「そういうことだ」

入堀から滔々と流れる大川に出た。

小籐次は一気に川を下る覚悟をつけて櫓に力を入れた。

相変わらず流木や塵芥を呑んだ大川の水勢は激しかった。だが、朝の光で流れが望め、その流れに乗っていればよいのだ。夜間、漂流物を気にしながら漕ぎ上がるのとは全く状況が違った。

小籐次は櫓を舵のように使って一気に河口まで下りおり、その勢いに乗って佃島と鉄砲洲の水路を抜けて、築地川に入り込んだ。

「こんな流れを乗り切るなんて、赤目様、神業ですよ」

と国三が褒めてくれた。

「もう大丈夫だぞ、国三さんや」

築地川から御堀を漕ぎ上がると、芝口橋脇の久慈屋の船着場に小舟を寄せた。

すると、それを見ていた手代の新三郎が、

「大番頭さん、赤目様が駿太郎さんと国三を連れて戻ってこられましたよ！」

と叫んで知らせた。

店から、一晩じゅう無事を祈って待機していた観右衛門ら大勢の奉公人が飛び出してきた。

「ご迷惑をかけ申したな」

と小籐次が詫びた。すると国三が、

「大番頭さん、致し方なかったんです。突然、侍が……」

と言い訳をしようとするのを観右衛門が、

「国三、みなまで言うでないぞ。事情は秀次親分が掻い摘《つま》んで話していかれましたからな、分ってます。国三もようやりなすった。此度は叱るより褒められてしかるべきです」

と言い渡し、国三がようやく安堵の顔をした。

朝の光で見れば小籐次も国三も泥まみれだ。

「大番頭さんよ、赤目様方はまず朝湯にやってよ、さっぱりさせたほうがいいんじゃないかねえ」

と久慈屋に出入りの老船頭が言い出し、

「ええ、それがいいでしょう。着替えは後で持たせますからな。三人で朝湯に浸かってきて下さいな」

と観右衛門も賛同し、小籐次はその足で町内の金六湯に送り込まれた。

小籐次は初めての湯屋だ。だが、金六湯の主の早蔵は、

「おや、酔いどれの旦那、久慈屋の小僧さんもその恰好はなんだえ。どこぞに赤子をおぶって討ち入りでもしなすったか」

と迎えた。

「旦那、湯銭も着替えもあとでお店から届きます。まず湯を使わせて下さい」

「国三さん、まず裏の井戸端にいってさ、その泥だらけの着物を脱ぎ捨ててくんな。裸でさ、釜場から湯に入るんだ」

早蔵は三人を湯屋の裏庭に追いやった。

「この汚れようでは致し方ないな」

三人は井戸端で釜焚《た》きに見られながら下帯一つになった。

「竹五郎さん、酔いどれ様の刀と脱ぎ捨てた衣類、うちの者に渡して下さいな」

と国三が釜焚きに頼んだ。

「承知したぜ。それより赤子が風邪を引くといけねえぞ、早く下帯も脱ぎ捨ててよ、湯に浸かりな」

と釜場の戸を開いて湯殿に入れた。

小籐次らはかかり湯でまず駿太郎の体を温めた。国三は何杯か自分の体にかけると、小籐次の背にも流してくれた。湯がかかると、小籐次の小柄の突き傷がひりひりした。

「おおっ、ご苦労じゃな」

かかり湯をかけて体を温めた小籐次らは石榴口を潜り、湯船を見た。

「小僧さん、朝風呂とは珍しいな」

町内の鳶《とび》の頭が国三に言った。

「親方、昨日は夜鍋仕事をしたんです、赤目様とさ」

「それで朝湯か」

「長雨の後ですよ。親方は仕事ないんですか」

「朝湯を使って身を清めてよ、仕事場に出るのが江戸っ子の粋《いき》だよ、小僧さん」

駿太郎は湯に浸かって満足そうに、きゃっきゃっと声を上げて喜んだ。

「酔いどれの旦那、その赤子、だれの子だえ」

鳶の頭が駿太郎の笑い声に興味を示したか、訊いた。

「親方、それがしが御城の奥女中どのと懇《ねんご》ろになって儲けた子だ」

「旦那、朝っぱらからよ、冗談はよしやがれ」

「湯に浸かったら、そんな気分になったのだ。許せ」

「御鑓拝借の旦那はむすっとしたお方かと思うたら、えれえ冗談を抜かされますな」

と親方が呆れ顔で湯を上がった。

血の臭いが漂い、亡骸が二つ転がった寺の離れで夜を明かした小籐次らだ。湯に入ってようやく生き返った心地がした。

「赤目様、徹夜明けの朝風呂っていいもんですね。なんだか眠くなってきましたよ」

「国三さん、湯で眠るでないぞ。溺れるでな」

「大丈夫ですよ。気持ちよくて眠気がさしてきただけです」

それでも国三の両の瞼がくっつきそうになり、また見開かれた。

「酔いどれの旦那、お店から着替え一切合切届いてますよ」

と脱衣場から早蔵の叫ぶ声がして、小籐次は、

「国三さんや、上がりますぞ」

と湯の中に沈みそうな小僧の腕を取り、湯船から上げた。

久慈屋に戻ると、駿太郎の重湯が用意されていた。

女衆に構われて重湯を飲まされた駿太郎はしばらく騒いでいたが、

ことん

と眠りに落ちた。続いて小僧の国三もうつらうつらし始めた。今や食い気より眠気のようだ。

「体が温まったら、眠気が襲うてきたのであろう」

「赤目様は一杯飲んで休まれますか」

観右衛門が尋ねると、

「お店で日中寝るのは気が引ける。駿太郎を連れて長屋に戻ります」

「駿太郎さんを起こして連れ帰るのも可哀そうですよ。それに本日もうちは開店休業、蔵の風通しが仕事です。赤目様と駿太郎さんと国三の三人、同じ座敷に床を延べさせてありますので、まずは少し横になられますか」

「ならば、言葉に甘えてそうさせてもらおう」

小籐次ら三人は久慈屋の奥座敷で眠りに就いた。

小籐次は眠りに落ちる前に、

「腹が空いたな」

とそのことを思い出したが、睡魔には勝てなかった。

小籐次は駿太郎の泣き声に目を覚まされた。おしめの濡れた駿太郎が目を覚ましたらしい。

国三はぐっすりと眠り込んでいた。駿太郎を守ろうと気を張って夜を明かしたのだ。その反動で熟睡していた。

小籐次は駿太郎を抱えて台所の板の間に行った。

「あら、駿ちゃん、起きたのかえ」

女中頭のおまつが小籐次の手から抱き取った。

「おまつさん、何刻だね」

「七つ（午後四時）に近いんじゃないかねえ。外は未だ泥濘と水溜りがあちらこちらにあってさ、普段の暮らしに戻るのにまだ数日掛かりそうだよ」

おまつが駿太郎の世話を終えると、

「赤目様、腹も空いたろう。昼餉の蕎麦が残っているが、夕餉までの腹繋ぎに作ろうか」

と訊いた。

「手間をかけさせて悪いが、頼もうか」

おまつが若い女衆を指図して、具に椎茸、蒲鉾《かまぼこ》、小松菜などが入った蕎麦を作ってくれた。

「頂戴しよう」

と箸を付けたところで、お店から通じる三和土廊下から秀次親分が顔を覗かせた。秀次は疲労困憊《こんぱい》の表情を見せていた。

「おお、ご苦労でござったな」

「なあに御用のこってすよ」

観右衛門も店から姿を見せた。

「親分、蕎麦を食べるかねえ」

おまつが訊く。

「腹が空いたってことを忘れていたよ」

「直ぐ拵《こしら》えますよ」

おまつが、今度は自ら秀次の蕎麦の仕度に取り掛かった。

「親分、始末がつきましたかえ」

観右衛門が訊いた。

「さすがに藩主の青山忠裕様は奏者番から老中職に就かれたほどの切れ者でさあ、即断なされました」

「小出貞房様は切腹ですか」

「いえ、篠山に戻し、座敷牢に終生押し込めと決まりました」

「あの呆けようでは切腹もできまい」

蕎麦の丼を抱えた小籐次が口を挟んだ。秀次が頷き、

「小出家は雪之丞様が継がれることは許されましたが、千二百石は五百石へと大幅に減じられました。貞房様が娘のお英様を自らの手にかけたことよりも娘を藩主の側室として役職を得ようと画策したことを、相談役たるものがなんたる愚行をなすかと、忠裕様は大いに怒られたそうにございます。この一件に江戸家老引田様が関わっておいでということにも、大いに不快の気持ちを述べられたそうです。いずれ、引田様にもきついお叱りの沙汰があると聞いております」

と言い足した。

「驚きましたな。青山様がこれほど迅速に決断なさるとは思いませんでしたよ」

観右衛門が感心した。

此度の騒ぎの真相を知った青山忠裕は、今後小出家の愚かな企てを一切知らぬこととして記憶から消し去るのではないかと小籐次は考えた。

この聡明明晰《めいせき》さがなければ、三十一年の長きにわたって幕閣最高の老中を勤め得ようか。もっともこのことはずっと後々に分る話だ。そして、自分との関わり

が深く長く続くことになるなど、小籐次に知る由もなかった。

「親分、駿太郎のことじゃが、どうなったな」

「へえっ、佐々木様の伝言にございます」

「うーむ、聞こう」

「駿太郎は小出家と須藤家の問題である。須藤が駿太郎の後事を赤目様に託し、また小出家が駿太郎を受け入れる余裕などなき今、ご苦労じゃが、武士の約定を守って赤目様が育てて頂けぬか、いずれ折を見て篠山藩よりお礼に伺うとのことでした」

「赤目駿太郎というわけじゃな」

「へえ」

小籐次は晴れ晴れとした笑みを皺の寄った顔に浮かべ、蕎麦を食べ始めた。

三

江戸に青空が戻り、陽射しも眩《まぶ》しく光って八百八町を照らし付けていた。

久慈屋の船着場に小舟を止めた小籐次は、なんとか日常の商いを取り戻しそうな久慈屋の店先に声をかけ、隣の京屋喜平の店に行った。

　こちらでもなんとか仕事の態勢を整え終えたらしく、いつもの音が響いていた。

「おや、赤目様、お珍しい。本日はうちでお仕事をして頂けますので」

「いや、今日は川向こうのお得意様に水見舞いに参ろうと思うておる」

「得意様は大事です。よい心掛けですね」

と答えた菊蔵が、なんの用事だという表情を見せた。

「ちと心苦しいが、円太郎親方の手を借り受けたい」

円太郎が奥から呼ばれた。

「親方自ら仕立ててもろうた革足袋に穴を開けてしもうた。繕いができようか」

「なんですって。革足袋に穴があいたって」

円太郎がそんな馬鹿なという顔を見せた。

「いや、親方の仕立てがわるくて穴が開いたのではない」

小籐次は懐にしてきた革足袋を見せた。

円太郎が手にして、小柄で開けられた穴を見て、

「刃物で傷つけられましたか」

と訊いた。

小籐次は経緯を語った。

「なんとまあ、わっしが拵えた革足袋が酔いどれ様の命を救いましたか。これはこれで革足袋冥利《みょうり》にございますよ」

と答えた円太郎が、

「直ぐに元通りに穴を繕いますでな」

と請け合ってくれた。

その足で小舟に戻った小籐次は久しぶりに深川蛤町の裏河岸に仕事に出た。

大川は流れもゆったりして漂流物も少なくなっていた。だが、その水位は普段よりもだいぶ高く滔々としたものだった。

小籐次は櫓を大きく使いながら大川河口を斜めに上がった。

深川の堀に入ると、いつも見慣れた光景に変化があることが分った。

水上から見ても長雨の被害があちらこちらに出ていた。水に浸かった長屋では濡れた夜具や衣類を板屋根に干していたりした。長屋の建物そのものが壊れ、堀に流されて岸に屋根が浮いているところもあった。

「これでは、うづどのは仕事には出ておらぬな」

小籐次は背の駿太郎に話しかけた。すると駿太郎が、

あぶあぶ

と上機嫌で答えた。

蛤町の裏河岸の船着場は流されていた。だが、うづの小舟は河岸道の石段の下に舫われて商いをしていた。

「うづどの、雨の害はなかったか」

「うちは平井村の高台にあるの。水は被らなかった」

と叫び返したうづが、

「だけど、この界隈は水が入ったところが結構あるわ。本所のほうじゃ町内じゅうが畳の上まで水が来たんですって」

と教えてくれた。

小籐次もうづの舟に舳先を並べて止めた。

「青物はこの雨ですべて駄目になったわ。大根くらいしか売るものがないの」

うづもまた得意先を見にきたようだった。

「わしも得意先の水見舞いだ。まず駿太郎を職人長屋のおさとさんに預けてこよう」

「そういえば、おさとさんと捨吉さんの姿を見てないな」

とうづが気にして、

「この大根、おさとさんに持っていって」

と瑞々しい葉が付いた大根を差し出した。

「大事がなければよいがな」

小籐次はうづから大根を受け取り、石段からいきなり河岸道に上がった。

河岸道はなんとか端っこが歩ける程度で、まだぐずぐずぬかるんでいた。

小籐次と駿太郎が船溜まりにいくと、石垣の一部が壊れて、長雨の激しさが偲ばれた。

職人長屋の木戸も飛んで、

「職人仕事なんでも承ります」

の木札も見えなかった。

小籐次は長屋の奥を覗き込んだ。長屋じゅうがそれぞれの部屋から道具や衣類を出して干していた。

「あっ、酔いどれ様だ」

捨吉の顔が洗濯物の間から覗いた。おさとに長屋の手伝いをさせられている最中のようだ。

「水が入ったか」

「ああ、床下まで水が来たんだよ。一時はこの町内が水の下かと思ったぜ」

と言う捨吉は水が浸入した床下から泥を桶に掬い、船溜まりに捨てにいこうとしていた。

「これでは駿太郎を預けることもできぬな」

と小籐次が呟くところに姉様被りのおさとも姿を見せた。背には赤子をおぶっていた。

「お侍、駿太郎ちゃんはおれが預かるぜ。泥は大体運び出したしよ、駿太郎ちゃんのお守り賃は姉ちゃんの暮らしの勘定に入ってんだ」

「これ、捨吉、なんてことを」

おさとが叫んだが、もう後の祭りだ。

「よいよい」

小籐次はうづからの預かり物の大根をおさとに差し出し、

「駿太郎の世話を頼もう」

と願った。

おさとがねんねこごと駿太郎を抱きとり、捨吉の背におぶわせた。

「これで得意回りができる」

身軽になった小籐次は懐の財布から一朱を出し、

「本日の子守り賃とな、ささやかじゃが水見舞いだ」

とおさとの手に押し付けた。

「赤目様」

「大した額ではないわ、なにも申されるな」

さっさと職人長屋を後にした小籐次は、深川界隈の雨の被害を見ながら黒江町の曲物師万作の作業場に向った。

水辺の町はどこも大なり小なり被害が出て、中には長屋が押し潰されたり、流されたりして、住人が呆然としているところもあった。

立ち直るには数カ月、いや、数年は掛かるところがありそうだ。だが、一方で逞《たくま》しく棒手振りの魚屋や青物屋が泥濘の道を避けながら、売り声を上げていたりした。

小籐次は、ふと五体をじんわりと締め付けられるような殺気を感じた。過日、観蔵院で体験したのと同じ危険な気配だ。

小籐次は水害を見物する目付きで周辺を探ったが、怪しげな人影を見付けることは叶わなかった。

真綿で首を締め付けられるというが、圧倒的な力がじんわりと確実に四方八方から押し寄せてくる感じだ。

もはやこの気配は小出家の関わりの者の仕業ではなかった。考えられることは一つ、

「四家追腹組」

が回した奉加帳の資金で集められた、

「刺客団」

ということだ。

だが、白昼襲いくるとは思っていなかった。

小籐次をじんわりと神経戦で参らせ、いずれ、一瞬の隙《すき》を突いて襲いくると思っていた。

「来たらば来たれ」

小籐次は孫六兼元の鍔元《つばもと》を左手で触った。

濃州赤坂住兼元が鍛えた一剣の裏銘にはこう刻まれてあった。

「臨兵闘者皆陣列在前《りんぴょうとうしゃかいじんれつざいぜん》」

兵《つわもの》の闘いに臨む者は皆陣列の前に在《あ》れ。

赤目小籐次は兵だ。己の心に言い聞かせた。

長閑な冬の日が戻ってきた水辺の町でそう考えつつも、深川自体を冬の長雨のように呑み込みそうな、この圧倒的な殺気に立ち向うにはちと考えるべきことがあると思った。

まず駿太郎を抱えては十分な戦いにならぬということだ。次に久慈屋を始め、新兵衛長屋やうづら、親しき人々をこの戦闘集団の襲撃にさらしてはならぬという覚悟だった。

(どうしたものか)

思案しながら万作親方の作業場に立った。

ここでも雨に湿った夜具や衣類が満艦飾《まんかんしょく》に家の内外に干され、作業場の道具の手入れが行われていた。

「親方、酷い雨であったな」

「おや、赤目様か。おれもな、季節外れの大雨にうちも大川に水没かと本気で覚悟したぜ。なにしろ水が石垣の縁まで迫ったからな」

と言いながら、曲物作りに使う道具が雨で微妙に狂ったと手入れに余念がなかった。

「親方、刃先を手入れする道具があれば預かって参ろう。わが長屋で仕事をして参る」

「そうしてくれるか」

万作は布で鑿《のみ》や鉋《かんな》の刃先をきっちりと包んで小籐次に渡した。

「経師屋の安兵衛さんのところにも回ってくれるかえ。あっちは預かった襖が湿気ってどうにもならないと嘆いていたからね」

「そう致そう」

小籐次は経師屋の根岸屋安兵衛親方の水見舞いに伺い、ここでも一頻《ひとしき》り雨の話をして、道具を預かった。

蛤町の裏河岸の船着場に戻る道々にも小籐次を監視する目が移動して付いてきた。

小籐次は予定を変えて、その足で職人長屋を訪れ、捨吉の背におぶわれた駿太郎を引き取ることにした。

「お侍、仕事をもらえなかったのかい」

「仕事はほれ、このとおりもらえたがな。どこも片付けに追われて暢気《のんき》に砥石を並べる場所もない。長屋に戻り、仕事をして参る」

「そういうことか。ならば駿ちゃんを舟まで送っていかあ」

と捨吉が駿太郎をおぶい、船着場まで送り届けて寝籠に上手に寝かせると、ねんねこで風が当たらぬように包んでくれた。

「あら、早いわね」

とうづも言った。

「本日は水見舞い、どちらも仕事どころではないからな。今晩夜鍋仕事をして明日にも届けに参る」

小籐次のしわがれ声が蛤町の裏河岸に響いた。

「長屋に戻るのね」

「ああ、戻るぞ」

「ならば、おっ母さんの青菜握りを持っていって」

「これは有難い。昼飯に頂戴しよう」

うづから青菜握りの竹皮包みを受け取ると、

「うづさん、捨吉。また、明日な」

と別れの挨拶をして小舟を流れに乗せた。

小籐次は殺気の輪が付いてくるかどうか、辺りを見守りながらゆっくりと小舟を漕いだ。

小籐次の予定を知ったせいか、殺気の輪がいくつもに分れて散った。

小舟を追跡してくる船は一見なさそうに思えた。

小籐次の小舟は大川の河口を望める武蔵忍《おし》藩の中屋敷の石垣の前に出ていた。右に曲がれば武家方一手橋を潜って大川河口に出る。

小籐次は駿太郎の様子をちらりと見た。

駿太郎は風車を見ながら機嫌はよさそうだ。

「ちと慌《あわただ》しいことになるぞ、覚悟致せ」

小籐次は小舟の舳先を左に取り、東に向けた。

この堀の先には富岡八幡宮があり、さらには材木置き場が広がり、海辺新田の広大な萱地《かやち》が、江戸の内海と分かっていた。

小舟の船足が上がった。

小籐次の漕ぐ小舟は深川の縦横無尽に発達した迷路のような運河を一刻以上も走り回り、殺気の輪を次から次に振るい落とした。さらに、木場から萱地を潜って内海の端に出た小籐次は、もはや監視の目がないことを悟ると、海辺新田から品川へと小舟の舳先を向けた。

小籐次が新兵衛長屋の堀留の舟繋ぎに小舟を着けたのは夕暮れの刻限だ。すでに辺りは真っ暗だった。

「おや、今日は遅かったじゃないか」

勝五郎が長屋の敷地から小籐次を迎えた。

「少しは水気が抜けたかな」

「いや、まだ長屋じゅうがじっとりしてやがるぜ」

と答えながら、駿太郎を寝かせた藁籠を受け取ろうとした勝五郎が、

「おや、駿太郎はどうしたえ」

と聞いた。

「勝五郎どの方が申すとおり、駿太郎の世話をしながら仕事をするのは大変だでな。知り合いに預けて参った」

「なんだって、酔いどれの旦那、もう音《ね》を上げたってか！」

と勝五郎が素っ頓狂な声を上げた。

「久慈屋に置いてきたのか。ならば長屋で世話をしたものを」

普段はあれこれと文句をつける勝五郎だが、駿太郎のことを気にかけていたのだ。

「いや、久慈屋ではない。そなた方が知らぬ所に数日だけ預かってもらったのだ。なにしろ深川で仕事をたくさんもらったでな。これから数日、神明社の宿坊にお籠りしてな、研ぎ仕事に専念致す所存だ」

ふーむ
と鼻で返事をした勝五郎が、

「今晩にも神明社に移るのか」

「そういうことだ」

「おかしな話だな」

「勝五郎どの、そうせんことには仕事の目処《めど》がたたんのだ。なあに数日のことだ」

勝五郎がしばらく黙っていたが、

「そうだ、久慈屋から使いがあってよ、お暇のときにおいで下さいだと。なんでも尾張町の薬種問屋の虎屋がよ、赤目様にお礼だと、なんぞ久慈屋に持参したらしいぜ。旦那、なにをやったんだ」

「ああ、あれか。礼を言われるほどのことではないわ」

小籐次は雨が上がった日、虎屋の銭箱を強奪した三人組を捕まえた話を勝五郎にした。

「そんなことがあったなんて知らなかったぜ」

「久慈屋さんにはそのうち伺うと伝えてくれぬか」

小籐次が長屋の戸を開くと、上がり框に紙包みがそっと置いてあった。

「ああ、そいつは足袋屋の小僧さんが届けてくれたものだぜ」

と背から勝五郎が言った。

円太郎親方は早や革足袋の修理をしてくれたようだ。

(これで百人力かな)

小籐次は胸の中で大きく頷き、懐に大事に入れた。

長屋から研ぎ道具の一切合切と預かった刃物、それに腰の孫六兼元の他、次直を小舟に運んで載せた。

「何日くらい神明社にお籠りだね」

「二、三日か、あるいはもそっと長くなるかのう」

小籐次は再び小舟を堀留の舟繋ぎから出した。

「気張って稼ぐんだぜ」

訝しそうな顔付きながら勝五郎が小籐次に言った。

「そう致そう」

小籐次の小舟は四半刻後、東海道宇田川町の橋下を潜り、三島町の火除《ひよ》け地の水路の行き止まりに着けられた。そこはもう芝神明社の境内の北側に接していた。

森閑《しんかん》とした闇の一角でほっと安堵の気配が生じた。

小籐次は、
にたり
と不敵に笑うと、小舟から道具を神明社に借り受けた宿坊へと運び込んだ。

四

芝神明社は芝大神宮とも飯倉神明宮とも日比谷神明宮ともいう。縁起によれば寛弘二年（一〇〇五）九月、一条天皇の勅命により伊勢の内外両宮の天照皇大神と豊受《とゆけ》皇大神を勧請《かんじょう》し、創建されたという。

社地は芝の境内だけで四千七百九十坪と、五千坪に近い広さだ。

赤目小籐次は芝神明の大宮司西東正継《さいとうまさつぐ》に頼み込み、境内の中でも一番人の気配がなく、静かな場所に離れて立つ宿坊を借り受けた。名目は刀の研ぎに専心したいというものだが、西東正継は小籐次に大変に恩義を感じており、孫六兼元も西東大宮司から礼に贈られたものだ。

此度の願いも二つ返事で受け入れられた。

小籐次は社殿の裏側にぽつんと離れた宿坊に研ぎ道具と次直、孫六兼元の二振りの剣、それに深川の得意先から預かってきた道具などを持ち込んだ。

離れは畳座敷が二つ、台所に囲炉裏《いろり》の切り込まれた板の間、厠、湯殿があったが、台所と湯殿は長い間、使われた形跡はなかった。

小籐次は次の朝、座敷を取り巻く縁側の一角に研ぎ場を設けた。庭には静かに湧水が流れて、小さな池を作り、小籐次が小舟を繋いだ水路へと流れ込んでいた。

桶に水を汲んだ小籐次は、まず深川黒江町の経師屋安兵衛親方から預かった道具の手入れから一日を始めた。

朝の間、陽が当たらぬ縁側は寒かったが、昼前になると小籐次の額に汗が光っていた。

朝餉は神明社の台所から飯炊き婆様と男衆が届けてくれた。

「おお、酔いどれ様はもう仕事かのう」

婆様は酔いどれの名を気安く呼び、

「浅蜊の味噌汁が冷えぬうちにまんまを食べろ」

と言った。

「造作をかけるな」

と礼を述べた小籐次は、

「おお、そうだ。台所の刃物を持参せぬか。刀研ぎの合間に研いでおこう」

「なにっ、酔いどれ様がうちの刃物の手入れをしてくれるてか」

「お安い御用だ。世話になったらそのくらい働かぬとな」

「ならば、橋三さに持たせよう」

と婆様が大徳利を提げて従いてきた男衆を見た。口を始終開き、涎《よだれ》が垂れている男衆の橋三は五十前後か、涎を飛ばして大きく頷いた。

小籐次は芝浜で獲れた鯵《あじ》の開きに浅蜊の味噌汁、べったら漬けに麦飯を馳走になって腹拵えをした。

朝餉の後、再び、研ぎ仕事に戻った。

安兵衛親方の道具になんとか目処がついた頃合、橋三が竹笊《たけざる》に様々な包丁を集めて持参した。

見ればだいぶ手入れがされていない出刃包丁、菜切り包丁、刺身包丁など二十数本があった。一番多いのは小振りの出刃包丁だ。

「おうおう、なかなか盛大に持ってこられたな。そこにおいておきなされ」

小籐次は橋三が空の器を下げて姿を消したあと、竹笊ごと池に浸して刃物と柄に水を吸わせた。そうしておいてなんのために使われたか、小出刃を縁側に運んできて、まず粗砥をかけて、錆を落とした。

昼餉の刻限に、握り飯と一緒に橋三がまた別の刃物を届けてきた。

「さすがに神明様じゃな、道具が多いわ。それにしても手入れが悪いぞ」

と小籐次がぼやいたが、橋三が答える様子はない。

ゆるゆると冬の陽が移動していき、宿坊の縁側はまた寒さが戻ってきた。そこで小籐次は台所の板の間に仕事場を移した。

囲炉裏に火を入れ、行灯の灯りを点して、仕事を再開した。

神明の離れ屋に人の気配がしたのは七つ半（午後五時）過ぎか。

「芝神明にこんなところがあったか。夕暮れになんとも幽玄な趣かな」

「それがしは宮芝居なんぞが小屋がけする境内がよいぞ」

「それはそうだ。表は白粉気《おしろいけ》があって艶《なま》めかしいぞ」

「酔いどれ様は変わった場所に仕事場を設けられたな」

と、わいわいがやがや話すのは臼杵藩の村瀬朝吉郎、丸亀藩の黒崎小弥太《くろさきこやた》、小城藩の伊丹唐之丞、そして、無言のまま従うのは赤穂藩の古田寿三郎の、御鑓拝借騒動以来の付き合いの四人だ。

裏戸が開いて、古田寿三郎が緊張の面持ちで、

「ご免下され」

と入ってきた。

四人の体には冬の寒さがうっすらと纏《まと》わりつく気配があった。

じろり
と小籐次が四人を見た。

刃物を手に研ぎ仕事に専心する小籐次に黒崎ら若侍が首を竦めた。

「なんぞ用事か」

「赤目様に至急お知らせしたきことがございまして」

古田の言葉をしばらく無言で吟味していた小籐次が、

「その方らが面《つら》を出すと、いつも面倒が生じるわ」

と言い放つと、上がれ、と許しを与えた。

伊丹唐之丞らがぞろぞろと囲炉裏端に上がり込み、

「失礼します」

と銘々の座を決めて座った。最後に古田が腰の刀を手に小籐次の研ぎ場の前に腰を下ろした。

「申せ」

赤穂藩江戸屋敷の目付を仰《おお》せつかる古田寿三郎が頷いた。だが、どこから話すべきか迷う体で、しばし口を開かなかった。

「此度の刺客、ちと大人数か」

古田が小籐次の顔を見て、黒崎が、

「おや、赤目様はご存じでしたか」

と口を開いた。その顔に好奇の表情があった。

「黒崎小弥太、その方、わしが襲われるのを見物に参ったか」

「いえ、決してそのようなことは。それがし、赤目様の御身《おんみ》を案じて古田どのらと同道致しました」

「口先だけ申しおるわ」

手入れの途中の刃物を置いた小籐次は傍らの大徳利から茶碗に酒を注いだ。

「そなたらも飲みたければ茶碗を持ってこい」

小籐次の言葉に、直ぐに村瀬朝吉郎が立ち上がり、茶碗を四つ探してきた。

小籐次が徳利を渡した。

「頂戴します」

酒が新たに四つの茶碗に注がれた。

黒崎らは茶碗を手にしたが、古田寿三郎一人は茶碗を一顧《いっこ》だにしなかった。

「古田どの、此度は四家追腹組の奉加帳にいくら集まった」

「金子は度々のことゆえ七、八十両と推測されます」

「それにしては数が多い」

「赤目様、相手と対決なされたのでございますか」

いや、と首を横に振った小籐次は、茶碗酒を、
くいっ
と喉に流し込み、

「二度ほど殺気を近くで感じたが、なかなかの手練《てだ》れの集団と見た。何者か、分るか」

「佐渡一之谷《いちのさわ》妙照寺が来春、日蓮法華宗の日圓山妙法寺で出開帳《でがいちょう》をなすとか。その仕度のため江戸に参りました面々にございます」

「出開帳の面々とな」

不思議なことを聞くものよという顔で小籐次は古田を見た。

「佐渡の一之谷妙照寺はその昔、京から貴人が流されて創建した寺とか。千手観音菩薩が有名で、此度の妙法寺にはこの秘仏が佐渡から参るのです」

「仏門におどろおどろしき者どもが関わるか」

「一之谷妙照寺は創建から五百年以上も経ちますが、寺として江戸幕府に認められたのはつい最近のことだそうです。隠れ寺ゆえ流人《るにん》などが集い、自衛の組織を密かに保ってきたとか。一之谷妙照寺を守る一群を一之谷妙照寺荒海《あらうみ》座と称するそうにございまして、此度の出開帳仕度に二十余名が従って江戸入りしておるそうです」

「荒海座に四家のどこが連絡《つなぎ》をつけた」

「さて、それは」

「そなたの口から申しにくいか」

村瀬らも黙り込み、顔を伏せた。

「まあ、その辺を詮索いたしてもなんの得もあるまい」

小籐次の呟きに黒崎が大きく頷いた。そこへ橋三が一人で膳を五つも運んできた。なんと五段も積み重ねて一人で運んでくるとはなかなかの大力だ。

「それにしても、橋三、よう客に膳まで出そうと考えられたな」

と小籐次が橋三に訊くと、黒崎が、

「いえ、われらが願ったのです」

「その方らが」

「話が長引くといけませんし、夕餉時なので台所に頼んでみますとあっさりと引き受けて頂きました。いえ、夕餉代五人分は前払いしてございます」

「要らざることには頭が回りよるわ」

膳五つ並べて酒を飲みながら、夕餉の箸を取った。

「古田どの、そなたら、それがしに助勢をするつもりか」

「一之谷妙照寺荒海座は多勢にござれば、われらも微力をと思いまして」

ふーうっ
と小籐次は溜息をついて酒を飲んだ。

夕餉の後、膳を片付けた四人に、

「早々に屋敷に引き取れ」

と命じた。

小籐次は夜鍋で研ぎをする気でいた。

「われら、明け方までお付き合い申し、引き上げます」

と屋敷奉公の古田寿三郎は答え、あくまで小籐次に付き合う気だ。

「好きにせえ」

小籐次は錆を落とした小出刃を次々に粗砥で研いだ。その様子を黒崎らが感心してみている。

「赤目様は刀研ぎもなさるそうで」

村瀬朝吉郎が訊く。

「本日、この道具を研ぎ終えたら、それがしの次直を研ごうと思うておる」

村瀬の目が板の間に立てかけられた小籐次の二振りの差し料にいった。

「この二振りとも赤目様が研ぎをなされたもので」

「いかにも」

「拝見してようございますか」

「孫六兼元なればよい」

神明社の刀箪笥《かたなだんす》に長年眠っていた一剣を顎で指した。

村瀬がにじり寄り、正座に座り直して孫六を抜いた。

「おおっ、見事な三本杉にございますな」

と嘆声を上げ、

「どれどれ」

と黒崎が歩み寄った。

小籐次はそのとき、地鳴りのように遠くから押し寄せる微音を感じ取った。

うーむ
小籐次の不審な表情に気付いたのは古田寿三郎だけだ。

「どうなされました」

「囲まれておる」

「なんと」

古田寿三郎も一之谷妙照寺荒海座のことを小籐次に告げにきながらも、まさかその夜から襲われるなどとは夢想もしていなかった。

しばし気配を感じようと耳を欹《そばだ》てていたが、

「お聞き違いでは」

と小籐次に小声で言った。

「その方ら、動くな」

小籐次は板の間から座敷に行った。

障子は閉《た》て回してあったが、未だ雨戸は戸袋の中だ。

座敷の真ん中に立ち、小籐次は精神を統一し神経を一点に集中させた。

地鳴りは波の音のようにも聞こえた。徐々に大きくなってくるのも聞き分けられた。

ふいに雷鳴かと思うばかりに轟き渡った。

いくつもの大太鼓の連打に、

ひえっ

と黒崎らが悲鳴を上げた。

小籐次は腰の脇差を抜くと、座敷の端から次々に畳を跳ね上げた。四枚の畳を床に立て、畳で四角の防壁を作った。

大太鼓の高鳴りが鎮まり、低い音に変わっていた。

「何事ですか、赤目様」

黒崎が叫ぶ。

「そなたらが連れて参ったのよ」

「だれをです」

「佐渡一之谷妙照寺荒海座の面々よ」

「な、なんと」

「今さら驚いてもなんの役にも立たぬわ。こちらに参れ」

四人を呼ぶと、小籐次は畳の防壁の中に座らせた。

「なにが始まるのですか」

村瀬の手には鞘に納まった孫六兼元があった。

「貸せ」

兼元を抜くと畳に切っ先を突き立てた。

板の間に戻り、竹笊に粗砥をかけ終えた小出刃十数本を入れ、次直を手に畳の間に戻った。

竹笊を足元に置いた小籐次は、次直も抜き身にして兼元の傍らの畳に突き刺した。そうしておいて小籐次は、円太郎親方が小柄で開けられた穴を丹念に繕ってくれた革足袋を履いた。

再び雷鳴とも荒波ともつかぬ太鼓の連打が高鳴って、小籐次の耳を攪乱《かくらん》した。

黒崎らも両耳を手で押さえていた。
小籐次は竹笊の傍らに片膝を突いて座し、神経を太鼓の音の背後の気配に集中した。
しゅっ
轟く太鼓の音の間に異なる音が混じった。
障子を突き破り、飛び道具が飛来した。両刃の短剣が畳の防壁に、
ぶすり
と突き立ち、伊丹が、
わあっ
と悲鳴を上げた。
「声を出すでない」
小籐次は竹笊から二本の小出刃を摑み、左右に一本ずつ持った。
しゅっ
再び飛び道具が虚空を裂く音に向って右手の小出刃を投げると障子を突き破り、
小出刃が消えた。その直後、
うっ！

と押し殺した呻き声がした。

小籐次は畳で囲んだ防壁の周りを、竹笊を引き摺《ず》りながら移動しつつ、小出刃を投げ続けた。

二つの異なった飛び道具の応酬は太鼓の音が消えるとともに終わっていた。

竹笊にはもはや小出刃は残っていなかった。手に一本あるだけだ。

畳座敷の障子は桟《さん》も紙もばらばらに破壊され、外が見えた。畳の防壁には十数本の飛び道具が突き立っていた。

「赤目様」

古田寿三郎の声がした。

「まだ頭を下げておれ」

「助勢致します」

「そなたらの手を借りるときは言葉をかける」

「待ちます」

古田が決然と言った。

小籐次は手に残った小出刃を捨てると、畳に突きたてた孫六兼元と次直を抜き、両手に提げた。破れ障子を蹴破り、縁側に出た。

黒い獅子頭《ししがしら》を被り、上半身裸の男たちが抜き身や薙刀《なぎなた》を手に姿を見せた。
その数、十数人か。
残りは小籐次の小出刃に斃されていた。
「酔いどれ小籐次を甘くみたか」
黒い獅子頭の一段と大きな男が手にしていた大剣を虚空に突き上げた。
その瞬間、おどろおどろしい太鼓の響きが再開された。
小籐次が縁側から庭に跳んだ。
獅子頭らも小籐次を囲むように輪を縮めた。
古田寿三郎が畳の防壁から頭を上げたのはその瞬間だ。
小籐次が、
すいっ
と滑るように包囲の輪に入り込み、左右の孫六と次直を振るった。
その動きの中心にいる小籐次目掛けて薙刀が、剣が振るわれ、叩き付けられた。
だが、だれ一人として小籐次の動きを止めることはできなかった。
「なんということか」
古田の嘆声に黒崎らが畳の防壁の中に立ち上がった。

小籐次が水蜘蛛《みずぐも》のように一之谷妙照寺荒海座の面々の間を泳ぎ流れて、刃が振るわれる度に一人またひとりと斃されていく。

太鼓の音が途切れたように止んだ。

そのとき、小籐次が黒の獅子頭を被った一段と大きな剣客の胴を深々と抜いて、

「来島水軍流片手流れ胴斬り」

と叫び、戦いの終焉《しゅうえん》を告げた。

「赤目様」

「酔いどれ小籐次様」

伊丹唐之丞と黒崎小弥太が呆然と呟いた。


そのとき、この神明社から離れた品川西外れ、通称大和横丁の旗本小路のお屋敷水野監物家の下屋敷で、奥女中のおりょうが赤子のおむつを替え終えて、

「駿太郎様、そろそろお休みの刻限ですよ。そなたの父上、酔いどれ小籐次様の代わりにな、このおりょうが添い寝してあげましょうぞ」

と言い聞かせていた。

巻末付録

長屋暮らしの気分にひたる

文春文庫・小籐次編集班

豊後森藩を辞した小籐次が住むのは、芝口新町の新兵衛長屋。
小籐次や野菜売りのうづのお得意さんたちが住まうのは、深川蛤町裏河岸の長屋。
そう、江戸の庶民が暮らすのは長屋と相場が決まっている。
そこで今回は、長屋に暮らしながら仕事に出かける庶民の生活がどんなものだったのか、小籐次になった気分で一日過ごしてみることにする。

芝口新町の裏長屋に版木職人勝五郎の、

ふああ

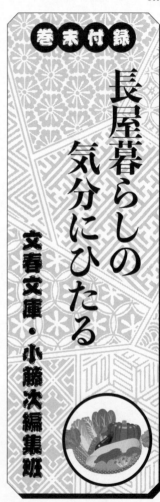

という寝不足の声が響いた。（中略）

刻限は障子の白み具合で明け六つ前と知れた。（本文より）

朝。長屋の住人が起きるのは、明け六つだ。

時代小説好きの読者の皆さんはご承知のとおり、この時代は現在のような二十四時間制ではない。日の出前のあたりが白んでくる頃から、日が沈んであたりが見えなくなる頃までを昼の時間として、それを六分割している。だから明け六つは、日の出のちょっと前くらいになる。

ということで、九月某日、本日の日の出はちょうど午前五時半。新兵衛長屋の皆さんに倣って起きる。……眠い。

小籐次は厠に行き、用を足すと井戸端で顔を洗った。腰にぶら下げた手拭で顔を拭うと、無精髭がざらざらした。

「一応こちらも客商売、この髭ではな。だが、今日はよいか」

と独り言を呟いた小籐次は朝餉をどうしたものかと考えた。

昨夜、残りご飯を雑炊にして食していた。新たに飯を炊くのも面倒くさい。朝餉は抜きだと決めた。

こらこら、小籐次。身だしなみは大事だぞ。そして朝ごはんはきちんと食べないと、今日も一日元気に働けないではないか。だからこちらは食事の準備だ。江戸の人の朝ごはんは、どんなものだったのだろう。

実は小籐次、このあと顔を出した久慈屋でちゃっかり朝餉をご馳走になっている。

小籐次と観右衛門は、台所の板の間に黒光りして立つ大黒柱の前に座して箱膳を待った。他の奉公人は銘々が箱膳を用意して、その引き出しから茶碗や椀を出して飯や汁をよそうが、大番頭の観右衛門には女衆の手で飯を盛られ、汁をよそわれた椀が載った膳部が運ばれてきた。

今朝のおかずは炭で炙った鰯の目刺しと里芋、椎茸、こんにゃくなどの煮物と胡瓜の漬物だ。味噌汁の具は若布に油揚げが入っていた。

おお！　なかなか豪勢で、美味しそうだ。

が、これは久慈屋が大店だからこそだろう。普通の庶民は、ご飯に味噌汁、あとは漬物くらいだ。ただし、ご飯だけはたっぷり食べたという。一日三合、それも白米というのが庶民でもあたりまえだったそうな。

その一日分のご飯を、朝一度に炊く。つまり、炊きたて熱々を食べられるのは朝だけ。昼は冷や飯に残った味噌汁、夜はそれに焼き魚や野菜の煮物などのおかずを加えた。

さて、ではワタクシもご飯を炊こう。

といっても、竈《かまど》に火を起こし……なんていうわけには、いかない。そこは平成の世ですから、ガスコンロを利用させていただく。ちなみに筆者は炊飯器を使う習慣がなく、いつでも土鍋で炊いている。だからガスにだけ目をつぶれば、小籐次が釜で炊くのとそう変わりはない（ということにする）。

ご飯を炊いているあいだに、味噌汁の準備だ。

江戸の長屋界隈だったら、ここで棒手振りがやってくる。浅蜊、蜆《しじみ》、豆腐に納豆。朝ごはんに必須の食材を、長屋の戸口前まで売りに来てくれる。買い物に行かずしてごはんが作れるなんて、なんとも便利ではないか。

これまた現代はそうはいかないので、徒歩二分のところにあるコンビニに食材調達に行く。そうか、棒手振りの代わりだったのか、コンビニは。

こうして、いつもよりぐっと質素な朝ごはんを終えて食器を片付けたら（そういえば洗剤などというものも当時はないのだ）、仕事に出かけるとする。

小籐次なら堀留に泊めた小舟に仕事道具を積み込んで、江戸に張り巡らせた堀や川を辿って深川まで行く。だが三度《みたび》、こちらはそういうわけにもいかない（それ以前に、そもそも筆者の住まいは渋谷村。江戸ですらない！）。仕方がないので、地下鉄で移動する。大江戸線という路線なので、なんだかそれらしいではないか。
降り立ったのは、門前仲町駅。ここから、小籐次とうづがいつも舟を泊める蛤町裏河岸の船着場を目指す。

小籐次は大船の立てる波を避《よ》けて、いつもの稼ぎ場所蛤町の裏河岸に小舟を乗り入れた。この辺りは町家に囲まれた舟溜まりで、時が止まったような雰囲気がいつも漂っていた。（中略）
この裏河岸は、くの字に曲がって仙台堀の小川橋から平野町の江川橋まで五町余り続いていた。
うづや小籐次がいつも舟を止める船着場はくの字の曲がり部分で、ここからさらに入堀が深川冬木町へと掘り割られていた。

江戸時代、物流と交通の要だった堀は、現在ほとんど埋め立てられている。それでも仙台堀川はいまでも残っているので、江戸切絵図と現代の地図をじっと見比べると、船着場の大体の位置が分かった。現在の住居表示は深川二丁目。
堀は埋め立てられているが、名残なのか通りはまっすぐではなく、ややくの字に曲がっ

曲物師の万作親方の店があった黒江町八幡橋際あたり。現在は歩道橋がある

ている。相当な交通量の道路から一本入ったところなので静かとは言い難いが、狭い通りの両側には民家が建ち並んでいる。ふむ、ここが「蛤町裏河岸の長屋」があったところか、としばし感慨にふける。ちなみに冬木町は、現在も地名として残っている。

つづいて小舟を泊めた小籐次が向かうのは、黒江町八幡橋際の曲物師、万作親方のところだ。こちらも切絵図と現代地図を必死で見比べると、おおよその場所が分かる。堀は埋め立てられ八幡橋はすでにないが、そのちょっと先の福島橋は、今もその名で残っているのだ。

地図を片手に、蛤町だったところから、八幡橋だったところを目指す。交通量の多い通りで〝深川江戸散歩♪〟なんて気分にはならないが、しょうがない。小籐次は仕事に行くのだから。

このあたり、と思うところは永代二丁目の信号だ。すると、おお、あった！　八幡橋ではないが、歩道

九尺二間の長屋の部屋。貝の棒手振りの独身男が住んでいるという設定

橋が。なるほど、こんなふうに小籐次は、研ぎ道具を携えて通りを歩いていたんだなぁ。

堀は埋め立てられ当時の面影はほとんどないけれど、切絵図と現代の地図を重ねて街を歩き回るのは、思いのほか楽しいものだった。

さて。深川まで小籐次になったつもりで来たものの、まさかここで研ぎ仕事をするわけにもいかない。

そこでせっかく深川まで来たのだから、江戸時代の長屋暮らしを体感できるお勧めスポットに向かうことにする。その名は、深川江戸資料館。

こちらは江戸時代末、天保年間（一八三〇〜一八四四）の深川佐賀町の町並みを実物大で再現している資料館だ。体育館のような天井の高い建物内に、大店《おおだな》（肥料問屋）とその土蔵、船宿と船着場、火の見櫓《やぐら》、八百屋や搗《つ》き米屋、そして庶民の長屋が建てられている。見学しやすいように壁が取り払われているので、部屋の内部の様子——間取りはもちろん、生活雑貨や仕事道具まで、どんな物がどんなふうに配置されているのか、じつに良くわかる。

長屋の間取りは九尺二間（間口九尺＝約二・七メートル、奥行き二間＝約三・六メートル、約六畳）。割長屋で、小籐次が住んでいたのもまさにこんな感じだろう。この広さで駿太郎と暮らすのか。赤ん坊のうちならまだしも、なんとも手狭だ。駿太郎の夜泣きの声も、勝五郎の版木を彫る音も、もちろん筒抜けだ。

長屋の裏手には共同スペースがあって、そこには井戸、厠、ごみ溜め、お稲荷さんがある。ここでおかみさんたちはおしゃべりに花を咲かせるのだろう。

狭いといえば狭いが、よく言えばコンパクト。住人同士の距離が近すぎるが、いざというときには心強い助っ人になる。買い物は棒手振りが来てくれるし、お風呂も湯屋に行くので風呂掃除なんていう家事は存在しない。ちなみに厠も、農家が肥料として汲み取りに来てくれるので、住人たちが掃除に煩わされることはなかったそうだ。

なんだか楽しそうだな、長屋暮らし。

さて、ひととおり長屋暮らし気分に浸ったので、渋谷村の自宅に帰るとしよう。帰ったらまずは近所の湯屋に行って、夕餉は朝の残りのご飯に味噌汁、それに門前仲町の商店街で菜を買っていけばいい。もちろん、徳利入りのお酒も忘れずに。

【江東区深川江戸資料館】
江東区白河一ノ三ノ二八　地下鉄清澄白河駅から徒歩三分
http://www.kcf.or.jp/fukagawa/

本書は『酔いどれ小籐次留書　子育て侍』（二〇〇七年二月　幻冬舎文庫刊）に
著者が加筆修正を施した「決定版」です。

DTP制作・ジェイエスキューブ

文春文庫

子《こ》育《そだ》て侍《ざむらい》
酔《よ》いどれ小藤次《ことうじ》（七）決定版《けつていばん》

定価はカバーに表示してあります

2016年11月10日　第1刷
2023年7月15日　第2刷

著　者　佐《さ》伯《えき》泰《やす》英《ひで》

発行者　大沼貴之
発行所　株式会社　文藝春秋

東京都千代田区紀尾井町3-23　〒102-8008
TEL　03・3265・1211㈹
文藝春秋ホームページ　http://www.bunshun.co.jp

落丁、乱丁本は、お手数ですが小社製作部宛お送り下さい。送料小社負担でお取替致します。

印刷・凸版印刷　製本・加藤製本
Printed in Japan
ISBN978-4-16-790727-3

酔いどれ小籐次

新・酔いどれ小籐次

① 神隠し《かみかくし》
② 願かけ《がんかけ》
③ 桜吹雪《はなふぶき》
④ 姉と弟《あねとおとうと》
⑤ 柳に風《やなぎにかぜ》
⑥ らくだ
⑦ 大晦り《おおつごもり》
⑧ 夢三夜《ゆめさんや》
⑨ 船参宮《ふなさんぐう》
⑩ げんげ
⑪ 椿落つ《つばきおつ》
⑫ 夏の雪《なつのゆき》
⑬ 鼠草紙《ねずみのそうし》
⑭ 旅仕舞《たびじまい》
⑮ 鑓騒ぎ《やりさわぎ》

⑯酒合戦《さけがっせん》
⑰鼠異聞《ねずみいぶん》 上
⑱鼠異聞《ねずみいぶん》 下
⑲青田波《あおたなみ》
⑳三つ巴《みつどもえ》
㉑雪見酒《ゆきみざけ》
㉒光る海《ひかるうみ》
㉓狂う潮《くるううしお》
㉔八丁越《はっちょうごえ》
㉕御留山《おとめやま》

酔いどれ小籐次〈決定版〉

①御鑓拝借《おやりはいしゃく》
②意地に候《いじにそうろう》
③寄残花恋《のこりはなよするこい》
④一首千両《ひとくびせんりょう》
⑤孫六兼元《まごろくかねもと》
⑥騒乱前夜《そうらんぜんや》
⑦子育て侍《こそだてざむらい》
⑧竜笛嫋々《りゅうてきじょうじょう》
⑨春雷道中《しゅんらいどうちゅう》
⑩薫風鯉幟《くんぷうこいのぼり》
⑪偽小籐次《にせことうじ》
⑫杜若艶姿《とじゃくあですがた》
⑬野分一過《のわきいっか》
⑭冬日淡々《ふゆびたんたん》
⑮新春歌会《しんしゅんうたかい》
⑯旧主再会《きゅうしゅさいかい》
⑰祝言日和《しゅうげんびより》
⑱政宗遺訓《まさむねいくん》
⑲状箱騒動《じょうばこそうどう》

小籐次青春抄
品川の騒ぎ・野鍛冶《のかじ》

居眠り磐音

居眠り磐音〈決定版〉

①陽炎ノ辻《かげろうのつじ》
②寒雷ノ坂《かんらいのさか》
③花芒ノ海《はなすすきのうみ》
④雪華ノ里《せっかのさと》
⑤龍天ノ門《りゅうてんのもん》
⑥雨降ノ山《あふりのやま》
⑦狐火ノ杜《きつねびのもり》
⑧朔風ノ岸《さくふうのきし》
⑨遠霞ノ峠《えんかのとうげ》
⑩朝虹ノ島《あさにじのしま》
⑪無月ノ橋《むげつのはし》
⑫探梅ノ家《たんばいのいえ》
⑬残花ノ庭《ざんかのにわ》
⑭夏燕ノ道《なつつばめのみち》
⑮驟雨ノ町《しゅううのまち》
⑯螢火ノ宿《ほたるびのしゅく》
⑰紅椿ノ谷《べにつばきのたに》
⑱捨雛ノ川《すてびなのかわ》
⑲梅雨ノ蝶《ばいうのちょう》
⑳野分ノ灘《のわきのなだ》
㉑鯖雲ノ城《さばぐものしろ》

㉒ 荒海ノ津《あらうみのつ》
㉓ 万両ノ雪《まんりょうのゆき》
㉔ 朧夜ノ桜《ろうやのさくら》
㉕ 白桐ノ夢《しろぎりのゆめ》
㉖ 紅花ノ邨《べにばなのむら》
㉗ 石榴ノ蠅《ざくろのはえ》
㉘ 照葉ノ露《てりはのつゆ》
㉙ 冬桜ノ雀《ふゆざくらのすずめ》
㉚ 侘助ノ白《わびすけのしろ》
㉛ 更衣ノ鷹《きさらぎのたか》 上
㉜ 更衣ノ鷹《きさらぎのたか》 下
㉝ 孤愁ノ春《こしゅうのはる》
㉞ 尾張ノ夏《おわりのなつ》
㉟ 姥捨ノ郷《うばすてのさと》
㊱ 紀伊ノ変《きいのへん》
㊲ 一矢ノ秋《いっしのとき》
㊳ 東雲ノ空《しののめのそら》
㊴ 秋思ノ人《しゅうしのひと》
㊵ 春霞ノ乱《はるがすみのらん》
㊶ 散華ノ刻《さんげのとき》
㊷ 木槿ノ賦《むくげのふ》
㊸ 徒然ノ冬《つれづれのふゆ》
㊹ 湯島ノ罠《ゆしまのわな》
㊺ 空蝉ノ念《うつせみのねん》
㊻ 弓張ノ月《ゆみはりのつき》
㊼ 失意ノ方《しついのかた》
㊽ 白鶴ノ紅《はっかくのくれない》
㊾ 意次ノ妄《おきつぐのもう》
㊿ 竹屋ノ渡《たけやのわたし》
(51) 旅立ノ朝《たびだちのあした》

新・居眠り磐音

① 奈緒と磐音《なおといわね》
② 武士の賦《もののふのふ》
③ 初午祝言《はつうましゅうげん》
④ おこん春暦《おこんはるごよみ》
⑤ 幼なじみ《おさななじみ》

電子

佐伯泰英作品

酔いどれ小籐次

（決定版 全19巻＋小籐次青春抄 合本あり）

新・酔いどれ小籐次

（全25巻 合本あり）

照降町四季

（全4巻 合本あり）

空也十番勝負

（決定版5巻＋5巻）

PCやスマホでも読めます！

電子書籍のお知らせ

（　）内は解説者。品切の節はご容赦下さい。

佐伯泰英
神隠し
新・酔いどれ小籐次（一）

背は低く額は禿げ上がり、もくず蟹のような顔の老侍で、無類の大酒飲み。だがひとたび剣を抜けば来島水軍流の達人である赤目小籐次が、次々と難敵を打ち破る痛快シリーズ第一弾！

さ-63-1

佐伯泰英
願かけ
新・酔いどれ小籐次（二）

一体なんのご利益があるのか、研ぎ仕事中の小籐次に賽銭を投げて拝む人が続出する。どうやら裏で糸を引く者がいるようだが、その正体、そして狙いは何なのか――。シリーズ第二弾！

さ-63-2

佐伯泰英
桜吹雪《はなふぶき》
新・酔いどれ小籐次（三）

夫婦の披露目をし、新しい暮らしを始めた小籐次。呆けが進んだ長屋の元差配のために、一家揃って身延山久遠寺への代参の旅に出るが、何者かが一行を待ち受けていた。シリーズ第三弾！

さ-63-3

佐伯泰英
姉と弟
新・酔いどれ小籐次（四）

小籐次に斃された実の父の墓石づくりをする駿太郎と、父のもとで錺職人修業を始めたお夕。姉弟のような二人を見守る小籐次に、戦いを挑もうとする厄介な人物が―。シリーズ第四弾。

さ-63-4

佐伯泰英
柳に風
新・酔いどれ小籐次（五）

小籐次は、新兵衛長屋界隈で自分を尋ねまわる怪しい輩がいると知り、読売屋の空蔵に調べを頼む。これはネタになるかと張り切る空蔵だが、その身に危機が迫る。シリーズ第五弾！

さ-63-5

佐伯泰英
らくだ
新・酔いどれ小籐次（六）

江戸っ子に大人気のらくだの見世物。小籐次一家も見物したが、そのらくだが盗まれたうえに身代金を要求された！　なぜか小籐次が行方探しに奔走することに……。シリーズ第六弾！

さ-63-6

佐伯泰英
大晦り《おおつごもり》
新・酔いどれ小籐次（七）

火事騒ぎが起こり、料理茶屋の娘が行方知れずになる。同時に焼け跡から御庭番の死体が見つかっていた。娘は事件を目撃して攫われたのか？　小籐次は救出に乗り出す。シリーズ第七弾！

さ-63-7

（　）内は解説者。品切の節はご容赦下さい。

佐伯泰英
夢三夜
新・酔いどれ小籐次（八）
新年、宴席つづきの上に町奉行から褒美を頂戴した小籐次を、刺客が襲った。難なく返り討ちにしたが、その刺客の雇い主に気づいたおりょうは動揺する。黒幕の正体、そして結末は？
さ-63-8

佐伯泰英
船参宮
新・酔いどれ小籐次（九）
心に秘するものがある様子の久慈屋昌右衛門に請われ、伊勢へ同道することになった小籐次。地元の悪党や妖しい黒巫女が行く手を阻もうとするところ、無事に伊勢に辿り着けるのか？
さ-63-9

佐伯泰英
げんげ
新・酔いどれ小籐次（十）
北町奉行所から極秘の依頼を受けたらしい小籐次が、嵐の夜に小舟に乗ったまま行方不明に。おりょうと駿太郎、そして江戸中の人々が小籐次の死を覚悟する。小籐次の運命やいかに!?
さ-63-10

佐伯泰英
椿落つ
新・酔いどれ小籐次（十一）
小籐次が伊勢参りの折に出会った三吉が、強葉木谷《つばきだに》の精霊と名乗る謎の相手に付け狙われ、父を殺された。敵は人か物の怪か。三吉を救うため、小籐次と駿太郎は死闘を繰り広げる。
さ-63-11

佐伯泰英
夏の雪
新・酔いどれ小籐次（十二）
将軍にお目見えがなった小籐次は見事な芸を披露して喝采を浴びるが、大量の祝い酒を贈られて始末に困る。そんな折、余命わずかな花火師の苦境を知り、妙案を思いつくが……。
さ-63-12

佐伯泰英
鼠草紙《ねずみのそうし》
新・酔いどれ小籐次（十三）
小籐次一家は、老中青山の国許であり駿太郎の実母・お英が眠る丹波篠山へと向かう。実母の想いを感じる駿太郎だったが、お家再興を諦めないお英の兄が、駿太郎を狙っていた。
さ-63-13

佐伯泰英
旅仕舞
新・酔いどれ小籐次（十四）
残忍な押込みを働く杉宮の辰麿一味が江戸に潜入したらしい。探索の助けを求められた小籐次は、一味の目的を探るうち、標的が自分の身辺にあるのではと疑う。久慈屋に危機が迫る！
さ-63-14

文春文庫　佐伯泰英の本

（　）内は解説者。品切の節はご容赦下さい。

佐伯泰英
鑓騒ぎ
新・酔いどれ小籐次（十五）

小籐次の旧主・久留島通嘉が何者かに「新年登城の折、御鑓先を頂戴する」と脅された。これは「御鑓拝借」の意趣返しか？　藩を狙う黒幕の正体は、そして小籐次は旧主を救えるか？

さ-63-15

佐伯泰英
酒合戦
新・酔いどれ小籐次（十六）

十三歳の駿太郎はアサリ河岸の桃井道場に入門、年少組で稽古に励む。一方、肥前タイ捨流の修行者に勝負を挑まれた小籐次は、来島水軍流の一手を鋭く繰り出し堀に沈めてみせるが――。

さ-63-16

佐伯泰英
鼠異聞　上下
新・酔いどれ小籐次（十七・十八）

「貧しい家に小銭を投げ込む」奇妙な事件が続く中、高尾山薬王院へ紙を納める久慈屋の旅に、息子の駿太郎らとともに同行する小籐次。道中で、山中で、一行に危険が迫る！

さ-63-17

佐伯泰英
青田波
新・酔いどれ小籐次（十九）

「幼女好み」の卑劣な男から、盲目の姫君を救ってほしい。小籐次に助けを求めるのは、江戸中を騒がせるあの天下の怪盗!?　武家の官位を左右する力を持つ高家肝煎を相手にどうする。

さ-63-19

佐伯泰英
三つ巴
新・酔いどれ小籐次（二十）

小籐次の新舟「研ぎ舟蛙丸」の姿に江戸中が沸く中、悪事を重ねるニセ鼠小僧。元祖鼠小僧・奉行所・そして小籐次が、普段ならありえないタッグを組んでニセ者の成敗に乗り出す！

さ-63-20

佐伯泰英
小籐次青春抄
品川の騒ぎ・野鍛冶

豊後森藩の厩番の息子・小籐次は野鍛冶に婿入りしたかつての悪仲間を手助けに行くが、その村がやくざ者に狙われているのを知り一計を案じる。若き日の小籐次の活躍を描く中編二作。

さ-63-50

佐伯泰英
御鑓拝借《おやりはいしゃく》
酔いどれ小籐次（一）決定版

森藩への奉公を解かれ、浪々の身となった赤目小籐次、四十九歳。胸に秘する決意、それは旧主・久留島通嘉の受けた恥辱をすすぐこと。仇は大名四藩。小籐次独りの闘いが幕を開ける！

さ-63-51

（　）内は解説者。品切の節はご容赦下さい。

佐伯泰英
意地に候
酔いどれ小籐次（二）決定版
御鑓拝借の騒動を起こした小籐次は、久慈屋の好意で長屋に居を定め、研ぎを仕事に新たな生活を始めた。だが威信を傷つけられた各藩の残党は矛を収めていなかった。シリーズ第2弾！
さ-63-52

佐伯泰英
寄残花恋《のこりはなよするこい》
酔いどれ小籐次（三）決定版
小金井橋の死闘を制した小籐次は、生涯追われる身になったと悟り甲斐国へ向かう。だが道中で女密偵・おしんと知り合い、ともに甲府を探索することに。新たな展開を見せる第3弾！
さ-63-53

佐伯泰英
一首千両
酔いどれ小籐次（四）決定版
鍋島四藩の追腹組との死闘が続く小籐次だったが、さらに江戸の分限者たちが小籐次の首に千両の賞金を出し、剣客を選んで襲わせるという噂が…。小籐次の危難が続くシリーズ第4弾！
さ-63-54

佐伯泰英
孫六兼元
酔いどれ小籐次（五）決定版
久慈屋の依頼で芝神明の大宮司を助けることになった小籐次。社殿前の賽銭箱に若い男が剣で串刺しにされ、死んでいたという。大宮司は、小籐次に意外すぎる秘密を打ち明けた——。
さ-63-55

佐伯泰英
騒乱前夜
酔いどれ小籐次（六）決定版
自ら考案した行灯づくりの指南に水戸に行くことになった小籐次。だがなぜか、同行者の中に探検家・間宮林蔵の姿が。幕府の密偵との噂もある彼の目的は何なのか？　シリーズ第6弾！
さ-63-56

佐伯泰英
子育て侍
酔いどれ小籐次（七）決定版
刺客、須藤平八郎を討ち果たし、約定によりその赤子、駿太郎を引き取った小籐次。周囲に助けられ〝子育て〟に励む小籐次だったが、駿太郎の母と称する者の影が見え隠れし始め……。
さ-63-57

佐伯泰英
竜笛嫋々《りゅうてきじょうじょう》
酔いどれ小籐次（八）決定版
おりょうに持ち上がった縁談。だがおりょうは不安を小籐次に吐露する。相手の男の周りは不穏な噂が絶えない。そして、おりょうの突然の失踪——。想い人の危機に、小籐次どう動く？
さ-63-58

文春文庫　佐伯泰英の本

（　）内は解説者。品切の節はご容赦下さい。

佐伯泰英
春雷道中
酔いどれ小籐次（九）決定版

行灯の製作指南と、久慈屋の娘と手代の結婚報告のため水戸に向かった小籐次一行。だが密かに久慈屋の主の座を狙っていた番頭が、あろうことか一行を襲撃してくる。シリーズ第9弾！

さ-63-59

佐伯泰英
薫風鯉幟《くんぷうこいのぼり》
酔いどれ小籐次（十）決定版

野菜売りのうづが姿を見せず、心配した小籐次が在所を訪ねると、彼女に縁談が持ち上がっていた。良縁かと思いきや、相手は厄介な男のようだ。窮地に陥ったうづを小籐次は救えるか？

さ-63-60

佐伯泰英
偽小籐次
酔いどれ小籐次（十一）決定版

小籐次の名を騙り、法外な値で研ぎ仕事をする男が現れた！その男の正体を探るため小籐次は東奔西走するが、裏には予想外の謀略が……。真偽小籐次の対決の結末はいかに!?

さ-63-61

佐伯泰英
杜若艶姿《とじゃくあですがた》
酔いどれ小籐次（十二）決定版

当代随一の女形・岩井半四郎から芝居見物に誘われた小籐次は、束の間の平穏を味わっていた。しかしそれは長く続かず、久慈屋に気がかりが出来。さらに御鑓拝借の因縁が再燃する。

さ-63-62

佐伯泰英
野分一過《のわきいっか》
酔いどれ小籐次（十三）決定版

野分が江戸を襲い、長屋の住人達は避難を余儀なくされた。そのさ中、小籐次は千枚通しで殺された男を発見。その後、同じ手口で殺された別の男も発見され、事態は急変する……。

さ-63-63

佐伯泰英
冬日淡々
酔いどれ小籐次（十四）決定版

小籐次は深川惣名主の三河蔦屋に請われて、成田山新勝寺詣でに同道することに。だが物見遊山に終わるわけはなく、一行を付け狙う賊徒に襲われる。賊の正体は、そして目的は何か？

さ-63-64

佐伯泰英
新春歌会
酔いどれ小籐次（十五）決定版

師走、小籐次は永代橋から落ちた男を助ける。だが男は死に、謎の花御札が残された。探索を始めた小籐次は、正体不明の武家に待ち伏せされる。背後に蠢く、幕府をも揺るがす陰謀とは？

さ-63-65

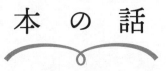